아이의

슬픔과

기쁨

아이의 슬픔과 기쁨

서해문집 청소년문학 020

초판 1쇄 인쇄 2022년 6월 3일
초판 1쇄 발행 2022년 6월 10일

지은이      이주란 이종산 박서련 서연아
펴낸이      이영선
책임편집    차소영

편집        이일규 김선정 김문정 김종훈 이민재 김영아 이현정 차소영
디자인      김회량 위수연
독자본부    김일신 정혜영 김연수 김민수 박정래 손미경 김동욱

펴낸곳 서해문집 | 출판등록 1989년 3월 16일(제406-2005-000047호)
주소 경기도 파주시 광인사길 217(파주출판도시)
전화 (031)955-7470 | 팩스 (031)955-7469
홈페이지 www.booksea.co.kr | 이메일 shmj21@hanmail.net

# 아이의 슬픔과 기쁨

이주란
이종산
박서련
서연아

서해문집

## 서문을 대신하여

　언젠가 어렸을 때 쓴 일기를 들춰본 적이 있다. 거기에는 이렇게 쓰여 있었다. '눈이 내린다. 외롭다.' 아홉 살, 아니면 열 살이었을 것이다. 어린 시절이야말로 외로웠을 거라는 생각을 종종 한다. 외로움을 털어놓을 곳이 없고, 외로움을 말할 수 있는 언어가 무엇인지 잘 모르니까. 설혹 말한다 해도 어른들은 그런 말을 다 아니? 놀라워하거나, 너는 어려서 잘 모른다고 고개를 저었을 테니까. 그들은 중요한 것을 묻지 않았다. 왜 외로웠는지, 어떻게 외로웠는지. 그것이 수십 년을 더 산 사람이 겪는 외로움과는 다를 수도, 어쩌면 비슷할 수도 있다. 세상에는 슬픔을, 기쁨을, 사랑을, 고독을 느낄 일이 아주 많고, 그걸 전부 기억하면서 살아가는 사람은 없다. 하지만 아이들이라면 평생 동안 느낀 슬픔을, 기쁨을, 사랑을, 고독을 아주 커다랗고 벅찬 기억으로 갖고 있지 않을까.

그리하여 더 슬프고, 더 기쁘고, 더 사랑하고, 더 고독할 수 있지 않을까.

*

시끄럽게 떠들고, 발을 쿵쿵 구르며 뛰어다니고, 큰 소리로 웃고, 까불고, 바지에 오줌을 싸고, 장난치다 어딘가를 다치고, 씩씩대며 싸우고, 옆에 앉은 아이가 울면 따라 울고, 아무에게도 말하지 못할 비밀을 떠안은 채 훌쩍 커버리는 아이들을 온 세상이 두 팔 벌려 안아주기를 바라며

한때 아이였고, 지금 아이이며,
슬펐고, 기뻤고, 사랑했고, 고독했던 모든 아이에게

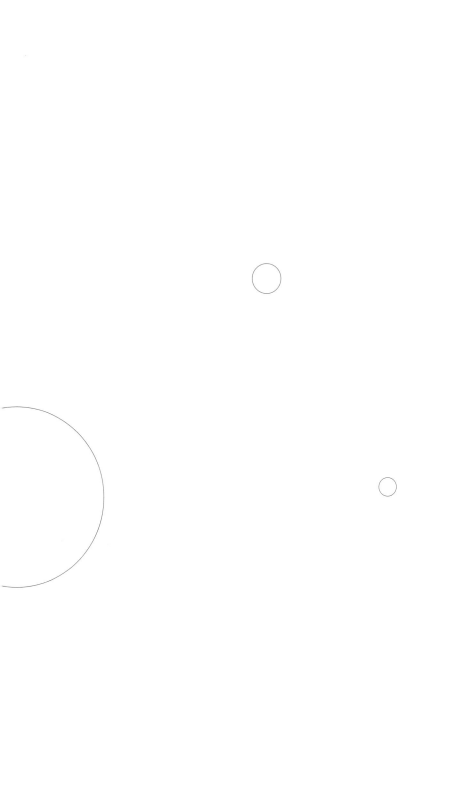

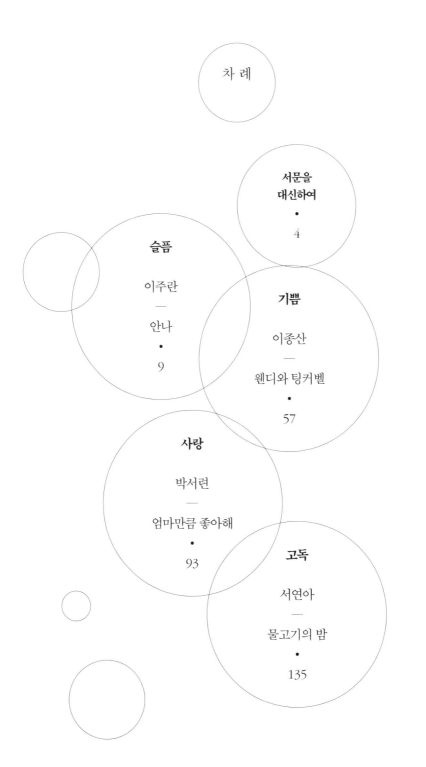

# 차 례

.

슬픔

이
주
란

안
나

안나는 아침에 눈을 뜨자마자 이가 흔들리고 있다는 것을 느꼈다. 그리고 이 세 개가 한꺼번에 빠졌던 어느 날을 떠올렸다. 다섯이었던 가족이 넷이 되었다가, 셋이 되었다가, 어느 날 할아버지와 안나 둘만 남겨졌을 때, 아무 때고 자주 울던 때를 떠올렸다. 보여주기 전까진 아무도 믿지 않는 이야기. 그날 이 세 개가 한꺼번에 빠진 것은 꿈이 아니었다. 유나가 돌아오기 전까지 안나는 매일 울었었다. 왜 이런 일이 내게 일어난 걸까. 매일 그 생각을 하면서 울었다. 엉엉 마음껏 울었다고 생각했는데, 꼭 체한 것처럼 속이 답답하곤 했다. 울다 말아서 그래. 괜찮아질 때까지 울어. 돌아온 유나는 그렇게 말했었다.

＊

　안나는 자기 주먹만 한 동물 장식품을 구경하고 있었다. 오리와 고양이와 강아지, 얼룩말과 기린이 있었고 닭과 알파카도 있었다. 안나는 동물 장식품을 하나씩 들고 자세히 관찰한 뒤에 내려놓았다. 그리고 알파카를 다시 집어 들었다. 이게 뭐지? 안나는 유니콘은 알았지만 알파카는 몰랐다. 알파카를 내려놓고도 자꾸 눈길이 가는 바람에 또다시 만지작거렸다. 30분째였다. 톡톡, 하고 소이가 안나의 어깨를 두드렸다.

　뭐 보고 있어?

　이거 보고 있었어. 예쁘지?

　응. 진짜 예쁘다.

　그치.

　응. 알파카네.

　이게 알파카구나. 소이 넌 동물원 가봤지?

　안나가 물었고

　응. 앵무새 카페도 가봤고 미어캣 카페도 가봤어.

　대체 안 가본 데가 어디야?

　안 가본 데?

　역시 소이는 안 가본 데가 없다. 안나와 소이는 장식품 코너를 떠나 계단을 내려갔다. 난간이 투명하여 아래층이 그대로 내려다보였다. 안나와 소이는 계단참마다 붙어 있는 전면 거울 앞에 멈춰 섰다. 둘은 거울이 카메라라도 되는 듯 손가락을 접어 브이 자를 만들었다. 안나가 손가락을 두 개만 접자 브이가 아니잖아, 하면서 소이가 안나의 엄지손가락을 접어주었다. 하지만 안나는 곧바로 다시 엄지손가락을 폈고 둘은 몇 번이나 그 행동을 반복했다. 안나와 소이는 웃음을 터뜨렸다.

나 키 또 큰 거 같지?

응. 조금.

짜증 나.

소이가 툴툴대고는 앞서서 남은 계단을 내려갔다. 소이는 요즘 짜증 난다는 말을 부쩍 많이 한다. 둘은 1층에서 신상 문구류를 구경했다. 모든 물건이 민트색으로 반짝이고 있었다. 5층짜리 균일가 생활용품 매장이 안나가 가장 좋아하는 곳이다. 안나가 가볼 수 있는 곳은 아직 여기까지.

생활용품 매장 바로 옆에 있는 24시 무인 아이스크림 가게에서 안나는 상어 모양의 하드를 샀다. 둘은 근처 편의점으로 갔다.

어떻게 하면 키가 더 안 클 수 있을까.

소이가 편의점에서 산 과자를 먹으며 말했다. 라면을 동그랗게 뭉친 모양의 짜장 라면 맛 과자였다. 이 편의점엔 여섯 개의 테이블이 있었고 다른 테이블에서는 고등학생들이 컵라면과 콜라를 먹고 있었다. 안나가 소이에게 하드를 한 입 주자 소이도 과자를 두 개 꺼내주었다.

키가 크면 좋은 거 아냐?

아닌가 봐.

흠.

키가 너무 빨리 크면 어떻게 되는지 알아?

몰라. 어떻게 되는데?

나도 몰라! 엄마가 말 안 해줘.

소이가 어깨를 으쓱하고는 다 먹은 과자 봉지를 쓰레기통 안에 넣었다. 안나는 다 먹은 하드 스틱을 깨물면서 길거리로 나왔다. 그러다 입안에 뭔가 느껴져서 뱉어보니 흔들리던 이가 빠져 있었다.

와, 하나도 안 아프게 뺐다.

대박.

안나는 빠진 이를 주머니에 넣었다. 할아버지가 지붕 위로 던져주실 것이다.

방학하니까 싫어. 심심해.

안나가 말했고

난 방학이 더 바빠. 짜증 나.

소이가 말했다. 소이는 다음 학원을 가기 전까지 40분간 안나와 놀 수 있었다. 아이스크림 가게에 소이가 목도리를 두고 오는 바람에 둘은 다시 가게로 가야 했다. 다행히 목도리는 제자리에 있었다.

오예! 엄마한테 안 혼난다!

소이가 LOVE라고 커다랗게 쓰여 있는 빨간 목도리를 목에 둘렀다. 안나와 소이는 아이스크림 가게에서 나와 학원가 쪽으로 걸었다. 붕어빵과 계란빵, 어묵을 파는 노점상에서 하얀 김이 뿜어져 나오고 있었다.

토요일엔 하루 종일 놀 수 있어?

응. 토요일엔 열 시에 수학 보충만 하면 돼.

그럼 너네 집에 가도 돼?

응. 엄마한테 물어볼게.

우리 언니 폰으로 문자해.

알겠어. 원래 안 되는데 넌 내 베프니까 될 거야!

소이는 장갑 낀 손을 흔들며 엘리베이터에 올라탔다. 상가 7층에 소이가 다니는 발레 학원이 있었다.

1층부터 10층까지 어떤 가게와 병원과 학원들이 있는지 안나는 전부 외우고 있었다. 그 건물만이 아니었다. 안나는 주변 건물에 대해서도 모르는 게 없었다. 이곳은 안나가 사는 집과는 조금 떨어져 있는데, 새로 개발된 곳이라서 모든 것이 새것이다. 지금은 방학이라서 학교에 가지 않지만, 학기 중엔 수업이 끝나면 늘 새 건물 사이사이를 돌아다니며 시간을 보내곤 했다. 소이가 다니는 발레 학원이 있는 상가에는 유기농 빵집과 매일 새벽 직접 만든 두부와 묵을 파는 가게, 떡집, 카페, 만두와 찐빵 전문점, 돈가스를 튀겨 파는 테이크아웃 전문점, 옛날 통닭집, 은행 ATM, 휴대폰 가게, 밀키트 가게를 지나 2층으로 올라가면 은행과 쌈밥집, 삼겹살집, 술집, 미용실, 마사지 가게가 있다. 안나는 건물 계단마다 붙어 있는 금연이라는 안내문 아래로 담배꽁초와 침이 가득하다는 것도 알았다. 바와 노래방, 장어구이집, 한의원, 미용실, 그리고 안나가 끔찍하게 무서워하는 치과가 뒤섞여 있다는 것도. 안나는 건물을 나오면서 1층 입구에 적힌 상가 안내문과 광고 문구를 꼼꼼히 읽었다. 너무 많은 가게들을 보고 있으면, 어떨 땐 게임 속 세상처럼 신비롭고 재미있어 보였다.

옆 건물은 5층부터 쭉 모텔이었고 그 옆 건물은 5층부터 영화관이었다. 1층에 새로 생긴 옷 가게는 장사가 잘되지 않는다는 것, 셀 수 없이 많은 카페와 치킨집들 중 어디가 가장 잘되는지도 안나는 잘 알았다. 대낮에는 식당 앞마다 배달된 식재료들이 쌓여 있었다. 중심 상가 건물 1층에는 안나가 가장 좋아하는 프랜차이즈 빵집과 화장품 가게가 있었다. 안나는 화장품 가게에 들어가 어슬렁거렸다. 가게 안에서는 좋은 향이 났다.

너 또 왔구나?

화장품 가게 사장이 말했다.

오늘은 혼자네?

안나는 사장을 쳐다보지도 않고 천천히 가게를 돌아다니다가 매니큐어 진열대 앞에 섰다. 그리고 골똘히 수십 가지의 색들을 바라보더니 민트색 매니큐어를 손톱에 바르기 시작했다. 매니큐어 솔이 안나의 작은 손톱 위를 왔다 갔다 했다. 손톱 밖으로 삐져나간 매니큐어를 사장이 다가와 닦아주었다.

엄마한테 허락 받아야 바를 수 있는데?

안나는 입을 꾹 다물고 다른 손톱을 칠했다.

이런 거 바르고 가면 엄마한테 혼나지 않아?

왜 자꾸 어른들은 그런 걸 물어보는 거야!

버럭 소리를 지른 안나는 매니큐어 솔을 든 채로 자신의 손톱을 노려보았다. 사장은 그 자리에 서서 아무 말도 하지 않고 안나를 놀란 눈으로 바라보기만 했다. 전에 소이와 왔을 때는 인사도 잘하고 많이 웃곤 했었다. 잠시 후 사장이 카운터로 돌아갔고 안나는 반짝이 펄이 잔뜩 들어간 매니큐어를 열어 나머지 손톱을 칠하기 시작했다. 오른손잡이인 안나는 왼손으로는 오른손 손톱들을 칠할 수 없었기 때문에 한쪽 손만 칠하고서는 우두커니 서 있었다.

칠해줄까?

사장이 다시 안나에게 다가와서 물었다.

네.

사장이 안나의 작은 손을 잡았을 때 안나는 손을 재빨리

빼내고는 쏜살같이 가게를 나갔다. 사장은 아무 때나 와서 제 집인 듯 가게를 휘젓다 가버리는 안나의 뒷모습을 오래도록 바라보았다.

　사람들이 엄마에 대해 물을 때마다, 안나는 자신이 다른 친구들과 뭔가 다르다는 사실을 느끼곤 한다. 안나는 학교에 갈까 하다가 집으로 가기로 했다. 지금 학교는 텅 비어 있을 테니까.

✳

　그래도 여기보단 놀이터가 낫지 않아?

　안나를 발견한 편의점 사장이 물었다. 그는 파라솔에 앉아 담배를 피우고 있다가 안나가 다가오자 재떨이에 비벼 껐다.

　여기도 재밌는 거 많아요.

　안나가 대답했다.

　아니면 저기 낚시터라도?

　거기는 춥고 조용하기만 해요.

　네 말이 맞다.

　편의점 앞에선 새 오피스텔 공사가 한창이었다. 공사장 인부 둘이 편의점 외부에 있는 온장고에서 캔커피 두 개를 꺼냈다. 사장이 들어가려고 하자 인부들은 조금 있다가 계산하겠다고 말했다. 벌써 몇 개월째 하루에도 몇 번씩 커피를 사

갔으므로 이미 안면이 깊은 사이였다.

저 아저씨 오늘은 딴 거 마시네요.

안나가 말하자 사장이 엄지손가락을 치켜들었다. 안나는 인부들의 모자에 각기 다른 소속과 직책이 쓰여 있다는 것도 알았다. 영하의 날씨였지만 한낮의 햇살은 무척이나 강했다. 안나는 손으로 차양을 만들어 햇빛을 가려보았으나 쏟아지는 빛을 막기에는 손이 너무 작았다. 안나는 눈이 부셔서 인상을 썼다.

너 뭐 불만 있냐?

편의점 사장이 장난을 걸어왔다.

불만이 뭐예요?

안나가 물었다.

매니큐어는 누가 발라줬어?

제가 발랐죠.

사장은 다시 한 번 엄지손가락을 치켜들었다.

이쪽은 안 했네?

아저씨, 근데 알파카 아세요?

알파카?

어른인데 그것도 모르세요?

모를 수도 있지.

사장의 표정을 본 안나는 왠지 안심이 되었다. 그때 인부들이 사장에게 눈짓을 했다. 사장은 계산을 하러 편의점 안으로 들어갔다. 안나는 인상을 쓴 채 바쁘게 돌아가는 공사 현장을 바라보았다. 그리고 V, O, L, V, O, V, O, L, V, O, V, O, L, V, O…… 굴삭기에 쓰인 알파벳을 읽었다.

추운데 들어가.

편의점 사장이 문밖으로 얼굴만 내밀곤 안나를 향해 외쳤다. 안나는 폴짝, 의자에서 내려와 집으로 가지 않고 근처에 있는 오피스텔로 들어갔다.

어쩌지. 아까부터 고장이란다.

대걸레를 밀며 안나 곁을 지나던 오피스텔 미화원이 말했다. 안나는 그녀를 아줌마라고 불렀다. 고장이란 말을 듣고도 안나는 계속해서 엘리베이터 버튼을 눌렀다.

봐, 빨간 불이 들어오지 않지?

미화원이 상행 버튼을 누르며 버튼과 안나를 번갈아보며 말했다. 안나는 울상을 지으며 미화원을 바라보다가 하행 버튼을 눌러보았다.

그래. 그것도 고장이야.

미화원은 그렇게 말하며 안나의 어깨를 토닥였다. 안나는 잠시 미화원의 팔을 잡았다가 놓았다. 안나는 V, O, L, V, O 를 반복해서 말하면서 계단을 오르기 시작했다. 미화원은 멀리서 그걸 L, O, V, E라고 들었다.

안나는 복도에 쌓인 박스들을 피해 복도를 돌아다녔다. 원룸에 다 들여놓지 못한 짐을 사람들이 복도에 쌓아둔 것이다. 경비 아저씨들이 이러면 안 된다고, 위험한 일인 데다가 과태료가 몇백만 원이라고 몇 번이나 주의를 줬지만 그때마다 사람들은 곧 치운다고 하곤 안 치웠다. 다시 이사를 가지 않는 한 치우는 사람을 못 봤다. 그때 복도에서 사이렌이 크게 울리기 시작했다. 얼마 전에 입주한 사람들인지 몇몇이 놀라서 밖으로 뛰쳐나와 웅성댔다. 미화원이 10층에 도착한 뒤에도 벨 소리는 멈추지 않고 있었다.

고장 난 거예요.

미화원이 놀란 사람들에게 말했다.

고장이요?

네. 소장님이 끄실 거예요.

지금 10분이 넘었어요.

어디 순찰 중이신가 본데 곧 멈춰요.

진짜 불이면요?

이 시간에 자주 울려요. 왜 안 고치는지는 저도 잘 모르고요.

미화원 대신 안나가 말했다. 안나의 말이 끝나기 무섭게 사이렌이 멈췄다. 복도에 나와 있던 사람들은 불안한 표정으로 집으로 들어갔다. 안나는 복도 끝에 손바닥을 댄 다음 시작, 하고 혼잣말을 했다. 그리고 계단 봉을 잡고 1층까지 내려왔다. 봉에서 손을 떼지 않고 내려오는 게 안나가 정한 룰이다. 출입구에 다시 손바닥을 대고 끝, 이라고 말하면 성공이다. 안나는 오늘도 성공했고, 손바닥에 먼지가 잔뜩 묻은 줄도 모른 채 30분쯤을 걸어서 집으로 갔다.

어디 갔다 왔어?

유나가 묻기에 안나는 학교, 라고 대답했다. 유나는 젖은 머리를 말리고 있었다.

할아버지 자니까 깨우지 마.

알겠어.

밖에 어때?

몰라.

몰라?

언니, 나 이거 발라줘.

안나가 유나의 매니큐어 하나를 들고 가서 말했다. 유나는 망설이며 짧은 한숨을 쉬었다.

이따가 해줄게. 지금은 바빠.

유나의 말에 이번엔 안나가 한숨을 쉬었다. 유나는 핸드폰으로 시간을 확인하더니 결국 안나의 손톱에 매니큐어를 발라주었다. 안나의 손톱은 유나의 손길 한 번에 금세 채워지는 작은 캔버스 같았다.

됐지?

응. 예뻐.

할아버지 약 잘 부탁해.

걱정 마.

유나는 안심하고 서둘러 가진 옷 중에 가장 두꺼운 것을 입고 거울에 비춰봤다. 그리고 나갔다가 다시 들어와서는 얇은 코트로 갈아입었다. 그 얇은 코트가 유나가 가장 좋아하는 옷이었다. 유나가 나가고 안나는 유나가 떨구고 간 머리카락을 모아 치웠다. 할아버지는 벽을 향해 누워 잠들어 있었다. 평소 늘 들리던 기침 소리가 들리지 않았다. 안나는 조용히 할아버지의 인중 가까이 오른손을 갖다 댔다. 유나가 발라준 매니큐어가 반짝였다. 안나는 할아버지가 깨지 않게 천천히 손을 거두었고, 안심하고 텔레비전을 보면서 컵라면을 먹었다. 낮에 이가 빠졌다는 걸, 컵라면을 먹다 다시 깨달았다. 안나는 주머니에서 빠진 이를 꺼내 유나의 거울 앞에 올려두었다.

✳

언니, 소이한테 문자 왔지?

아침 여섯 시 반. 유나가 들어오는 소리에 잠에서 깬 안나가 물었다.

양치하고 자는 거 맞겠지?

응. 언니, 소이한테 문자 왔지?

응. 토요일에 집으로 오래.

몇 시에?

한 시였나?

앗싸…….

안나가 눈을 비비며 일어났다. 유나는 할아버지의 상태를 확인한 뒤 기침을 하며 씻으러 들어갔다. 닫힌 욕실 문밖으로 기침 소리가 계속되는 사이 밖에서 사이렌이 크게 울렸다. 안나는 창밖으로 구급차가 멀어지는 것을 바라보았다. 씻고 나온 유나가 자리에 눕자 안나도 다시 유나 옆에 누웠다. 안나는 유나의 품속으로 파고들었다.

언니, 언니가 돌아와서 너무 행복해.

유나는 로션을 발라야 한다고 말했지만 그대로 누워 일어나지 않았다. 안나는 유나가 다시 돌아와서 행복하고, 유나가 다시 떠날까 봐 불안하다. 안나는 자주 행복하다고 말하곤 하는데 불안하다고 말하지는 않는다.

언니, 일하느라 드라마 못 봤지. 내가 줄거리 얘기해줄까.

이따가 해줘.

알겠어.

✻

유나가 아직 잠에서 헤매는 동안 밥을 한 것은 안나였다. 할아버지가 약 먹을 시간을 지켜야 했다. 안나는 완성된 흰밥에 물을 넣고 끓여 할아버지가 먹을 죽을 만들었다. 능숙

하게 밑반찬을 꺼내 접시에 담았다. 안나는 할아버지와 둘이 살 때, 할아버지한테서 밥 짓는 법을 배웠다. 그리고 죽을 만드는 건 어깨너머로 익혔다.

가위 가져와.

잠에서 깬 유나가 안나에게 말했다.

나도 이제 주방 가위 쓸 수 있어.

위험한데. 언니랑 같이 해보자.

안나는 속으로 '이미 혼자 많이 해봤는데'라고 생각했다. 손에 비해 가위가 커서 조금 오래 걸리기는 했지만, 안나는 문제없이 할아버지가 먹을 반찬들을 잘게 잘라냈다. 유나는 안나를 재촉하거나 막지 않고 기다려주었다. 안나는 가위를 내려놓고 할아버지의 흰죽을 떠서 후후 불었다. 할아버지는 식사를 마친 뒤 약을 먹고는 다시 누웠다. 안나와 유나는 그 것까지 보고 나서야 자신들의 밥을 차렸다.

오늘은 언니도 죽 먹을래.

그럼 나도!

어떤 날은 죽이 더 맛있어.

맞아.

귀여워.

유나가 안나의 볼을 꼬집었다.

언니도 귀여워.

안나가 유나를 따라 말했다. 유나는 그 말을 사랑한다는 말로 들었다.

　너 근데 방학 숙제 있지?

　있을걸?

　어떤 거?

　잘 몰라.

　이제 열 살인데 그것도 모르면 어떡해. 언니 바쁜 거 알지.

　응, 알아. 소이한테 물어볼게.

　꼭 물어봐.

　알겠어.

　물어보고 언니한테 얘기해.

　알겠다니까.

　밥을 다 먹은 유나는 다시 잠자리에 들었고 안나는 유나의 휴대폰을 빌려 유나가 깰 때까지 게임을 했다.

　오후 네 시. 안나는 유나의 출근길에 따라나섰다. 유나가 집 지붕 위로 안나의 이를 던졌다. 지붕이 낮아 안착하기에 충분했다. 안나는 몸을 옹그린 채 유나를 따라 걸었다. 집 근처에 들어선 새 건물들에는 분양 현수막이 펄럭일 뿐 인기척이 없었다. 유나는 안나의 옷깃을 여며주었다.

　너 지후랑 아직 화해 안 했어?

　몰라.

　오래가네. 왜 싸웠다고 했지?

　몰라.

화해 안 할 거야?

몰라. 근데 사과를 못 하겠어.

니가 잘못했어?

응. 내가 지후네 집 좁고 더럽다고 했어.

그랬어?

응. 그냥 나도 모르게 그렇게 말했어.

왜?

나도 몰라.

그런 말을 왜 하고 싶었을까.

유나는 혼잣말처럼 중얼거렸다. 안나는 자신이 왜 그랬는지 이미 여러 번 생각해봤다. 하지만 아무리 언니여도 말하기가 어려운 것도 있는 법.

사과하고 싶어?

응. 포켓몬 카드 사주면 나랑 다시 놀아줄지도 몰라.

지후가 그걸 좋아해?

응. 저번에 그걸 많이 못 사니까 슬프다고 했어.

유나는 안나를 데리고 문구점에 갔다. 그곳에선 카드가 이미 품절이라고 했다. 문구점이 또 어디 있지? 유나가 물었다. 둘은 한참을 걸어 다른 문구점에 도착했다. 작은 문구점 안을 둘러봤으나 카드는 보이지 않았다. 유나는 어릴 때도 그런 것은 가져본 적이 없었다. 유나는 노래하는 것과 춤추는 것과 동물을 좋아했다. 노래방에 갈 돈은 없었지만 친구들이 노래를 잘하는 유나를 좋아해서 자주 갈 수 있었다.

사장님, 여기 포켓몬 카드 팔아요?

유나가 물었고,

여기요.

문구점 사장이 카운터 바로 앞에 놓인 작은 상자를 가리켰다.

이거 열 개 주세요.

이거는 최대 두 개씩밖에 안 팔아요.

그래요?

오늘 열 개밖에 안 들어왔거든. 다른 애들도 가져야지요.

그럼 두 개 주세요.

만 원이에요.

만 원이요?

유나가 얼결에 만원을 내고 카드를 받아 들었다.

아…… 한 장씩 들어 있는 게 아니고 세트구나.

유나가 혼잣말을 하며 안나를 바라보았다.

나도 몰랐어.

안나가 어깨를 으쓱하며 말했다.

사실 알았어.

안나가 말했다. 유나는 안나의 손에 카드를 쥐여주었다. 안나는 걸음을 멈추고 머뭇거렸다. 유나가 앞서 걸으면서 빨리 오라고 손짓했다. 안나는 손에 쥔 카드를 만지작거렸다.

언니 늦었어. 빨리 가자.

안나는 유나의 재촉에 뛰어가서 언니의 손을 잡았다. 그리고 말없이 유나가 일하는 식당까지 걸었다. 유나는 야간에는 편의점에서 일을 하고, 잠을 자고 일어나서는 식당에서 일을 한다.

우리 안나도 왔네!

직원들이 안나를 반겼다.

안녕하세요.

안나는 조금 쑥스러웠지만 기분이 좋았다.

춥지? 이리 와. 우리 안나, 뭐 마실래?

사장이 무릎을 접고 앉아 안나를 올려다보며 물었고 안나는 음료수가 가득 찬 냉장고를 바라보며 어깨를 으쓱했다. 다 마실래? 사장은 일어나서 음료수를 종류별로 꺼내 봉투에 담았다.

다? 전부 다요?

음료수일 뿐이지만 모든 것을 전부 가질 수 있다는 것에 안나는 당황했다.

안나, 튼튼해? 힘세?

안나는 고개를 끄덕였다.

무거운데 잘 들고 갈 수 있겠지?

안나는 이번에도 고개를 끄덕였다. 유나가 안 주셔도 된다고, 괜찮다고 하자 사장이 말했다.

힘들면 가다가 하나씩 마셔.

직원들이 웃었다.

다른 데 가지 말고 집으로 바로 가. 차 조심하고. 알았지?

네.

안나는 고개를 끄덕였다.

또 와!

네. 또 올게요. 안녕히 계세요.

안나가 나가고 직원들은 유나에게 안나가 잘 크고 있는 것 같다고 말했다. 안 아프고, 밥 잘 먹고, 잘 자고 하면 돼. 사장이 유나에게 말했다. 유나는 그동안 안나를 키운다는 생각은 해본 적이 없었다. 안나가 스스로 클 수는 없을 것 같다고 생각해 집으로 돌아왔지만 그새 안나의 몸과 마음은 부쩍 자라 있었다. 유나는 그 복잡한 마음을 누구에게도 말해본 적이 없었다. 누구도 모를 것 같았기 때문이었다.

바람이 매서웠다. 해가 질 무렵인 데다 새 건물들이 들어선 구역을 지나면 근방은 온통 마른 나무들, 허허벌판 공사장과 낚시터뿐. 음료수가 가득 든 비닐봉투를 들고 걸으려니 쉽지 않았다. 그래도 안나는 낑낑대며 아까 갔던 문구점으로 가서 카드 한 세트를 환불한 뒤 문구점 주인에게 음료수 하나를 주었다. 주인이 괜찮다고 따라 나왔지만 인사를 하고는 집으로 돌아갔다.

요 며칠 누워만 있던 할아버지가 벽에 기대 앉아 있었다. 설거지도 말끔하게 되어 있었다. 와! 할아버지 만세! 안나는 오천 원을 언니의 거울 앞에 올려두고 할아버지 곁에 붙어 앉았다. 할아버지는 힘겹게 팔을 들어 올려 안나의 머리를 쓰다듬었다. 잔뜩 쉰 목소리로 더듬거리는 할아버지의 말을 잘 알아들을 수는 없었지만 괜찮았다. 안나는 거울에 비친 할아버지와 자신의 모습을 바라보았다. 하고 싶은 말이 많았다.

할아버지, 이번 방학에 내 일인일역은 밥하기잖아? 근데 어쩔 수 없이 일인이역을 해야 돼. 저기 공사장에 까만 길고양이가 살거든. 없었는데 어디서 나타난 거야. 태어난 지 얼마 안 돼서 요만한 아기인데 이름은 나비고, 가족이 없는 것 같아. 그래서 내가 매일 가서 잘 지내는지 돌봐줘야 해. 거기가 공사장이라 위험하잖아. 금방 갔다 올게. 알았지? 내가 이 얘기를 얼마나 하고 싶었는지 몰라.

안나는 할아버지에게 랩을 하듯 빠르게 이야기하고 생수병에 물을 담아 나갔다. 30분쯤을 다시 걸어야 했지만 안나에게 그 정도는 문제 되지 않았다. 고양이가 있는 곳엔 매번 누군가 사료와 물을 갖다 둔 흔적이 있었다. 안나는 반쯤 차 있는 물그릇에 가지고 온 물을 채워넣고 까만 새끼 고양이 나비를 쓰다듬었다. 나비의 눈이 반짝였다.

아이고, 착해라. 너도 애 물 주는 거야?

오피스텔 관리소장 아저씨였다. 아저씨가 주머니에서 간

식을 꺼내 물그릇에 섞어 고양이에게 주었다. 고양이는 그것을 잘 먹었다.

　고양이 좋아해?

　네. 귀여워요.

　또 뭐 좋아해?

　음, 몰라요. 고양이요.

　고양이는 많은 걸 알지 않아도 되지.

　아저씨는 담요 같은 것이라도 가져와야겠다면서 사무실로 들어갔다. 안나는 아저씨가 가져올 담요의 무늬가 궁금해서 기다렸다. 그러면서 고양이도 이 세상에서 잘 살려면 많은 걸 알아야 할 것 같다고 생각했다. 몇 분 뒤에 아저씨는 크리스마스 트리 무늬의 극세사 담요를 가져왔다. 안나는 그 담요가 마음에 들었다.

　고양이가 좋아할 것 같아요.

　그렇지?

　네.

　근데 여긴 공사 중이라 위험하니까 넌 오지 않는 게 좋아.

　왜요?

　다칠 수도 있어. 다치면 어쩌려고.

　집 지어지는 거 보면 신기해요.

　그렇긴 한데 위험해.

　안나는 어깨를 으쓱해 보이고 일어났다. 이제 안나는 V,

O, L, V, O에 멜로디를 넣어 부르면서 걸었다.

할아버지, 나 수의사 되려고.

할아버지는 누워 있었지만 눈을 뜨고 있었다.

고양이가 너무 귀여워. 수의사 될 거야.

안나는 그렇게 말하고 엎드려서 스케치북에 고양이를 그렸다.

그날 퇴근한 유나는 거울 앞에 놓인 스케치북과 오천 원을 보았다. 기지배, 나보다 잘 그리네……. 유나는 안나가 그린 고양이와 알파카를 한눈에 알아보았다. 안나에게 미술학원을 보내주고 싶다는 생각을 했고, 오천 원으로는 복권을 사야겠다고 생각했다.

✳

토요일, 소이네 집에 가는 길에 안나는 공사장 고양이에게 들렀다. 고양이는 이제 박스로 만든 집에서 담요를 깔고 살게 되었다.

애 이름이 다섯 개도 넘을 걸.

퇴근하던 오피스텔 미화원이 고양이를 관찰하는 안나에게 말했다.

너도 이름 지어줬지?

네.

뭐라고 지었어?

나비요.

나비?

네.

고양이라서?

네. 제가 제일 사랑하는 사람이 고양이는 무조건 나비랬어요.

그랬어?

네. 근데 이젠 그 사람을 못 봐요. 멀리 이사 갔거든요.

보고 싶겠다.

안나가 어깨를 으쓱해 보였다. 미화원도 안나를 따라 어깨를 으쓱했다. 하나둘 진눈깨비가 흩어지듯이 내리기 시작했다. 미화원은 안나의 점퍼에 달린 모자를 씌워주었고 안나는 일어났다.

어디 가?

친구네 집에요.

친구네 집이 어딘데? 아줌마가 데려다줄게.

안나는 손을 내밀었고 미화원은 안나의 차갑고 작은 손을 꼭 잡았다.

아줌마도 이름 지어주셨어요?

아니.

왜요?

이름을 짓는 게 참 어렵더라고.

그래요?

응.

쉬운데?

두 사람은 근처 아파트 203동 앞에서 헤어졌다.

딩동댕 딩동댕.

안나가 초인종을 누를 때마다 소이네 옆집에서 강아지 짖는 소리가 크게 들려왔다. 강아지 소리는 점점 커졌고 안나는 약간 겁을 먹었다. 누군가 나타나서 혼을 낼 것만 같았다. 안나는 1층으로 내려가 현관에 서서 어디로 가야 할지 생각했다. 안나는 습관적으로, 아파트 단지 안을 지나는 자동차에 새겨진 알파벳을 눈으로 읽었다. 더 기다릴까, 아니면 집으로 갈까? 진눈깨비는 어느새 함박눈으로 변해갔다. 대낮인데도 날이 어둑했다. 한 시간쯤 흘렀을 때 경비원이 다가왔다.

무슨 일 있니?

친구가 안 와서요.

전화는?

번호를 못 외워요.

이렇게 추운데 일단 집으로 가는 게 낫지 않겠어?

안나는 무엇이 나은지 모르겠다고 생각했다. 대답을 하지 못하고 이가 빠진 자리를 혀로 건드리다가 갑자기 눈물이 날 것만 같은 기분에 사로잡혔다. 안나는 망설임 없이 돌아서서 이를 꽉 깨물고 집을 향해 걷기 시작했다. 눈물이 한 방울 떨어지고 나서야 울고 싶을 땐 괜찮아질 때까지 울어도 된다는 유나의 말이 떠올랐다.

안나가 감기를 심하게 앓는 동안 소이로부터 매일 연락이 왔다. 유나는 그때마다 안나에게 소이가 보낸 문자들을 읽어 주었지만 안나는 이가 빠진 자리만 훑을 뿐, 입을 꾹 다물어 버렸다. 유나가 할 수 있는 건 안나 대신 고양이가 잘 있는지 살피고 사진을 찍어 보여주는 것뿐이었다.

사실 걔 맨날 바쁘다고 하면서 나랑 잘 놀지도 않아.

안나가 말했다.

갑자기 미용실을 가게 되어서 늦었대.

미용실엔 왜?

엄마가 자꾸 가자고 해서……. 자기는 너랑 놀고 싶었지 염색하기 진짜 싫었다는데 어쩔 수가 없었대. 안 가면 엄청 혼나서……. 너무 미안하대.

그럼 미리 말을 했어야지.

언니한테 연락이 왔었는데 언니가 자느라 못 봤어. 미안해.

유나는 소이가 늦은 이유가 안나를 슬프게 한다는 것은 몰랐다.

참, 너 소이한테 방학숙제 물어봐야지. 물어봤어?

몰라. 안 하면 뭐 어때?

그럼 아무것도 안 할래?

아무것도 안 할래.

니가 다 알아서 해.

언니도 언니 알아서 해.

그 후로 며칠 동안 안나와 유나는 서로에게 말을 걸지 않았다. 그런 와중에도 유나는 두 사람을 돌보지 않을 수 없었고 안나도 안나 나름대로, 그러니까 조금 토라졌지만 사랑하는 마음으로 두 사람을 돌보았다. 그 며칠 동안 한파가 계속되었다. 유나는 안나가 기운을 차릴 무렵 몸살로 앓아눕는 것을 피할 수 없었다. 유나는 안나가 차린 밥과 안나가 남긴 약을 먹었다.

언니, 나 아빠한테 전화해볼래.

안 돼.

왜 안 돼?

안 돼.

왜?

…….

왜?

유나는 이불을 뒤집어써보았지만 별 소용이 없었다. 안나는 계속해서 왜냐고 물었고 전에 살던 동네에는 공중전화가 있었다면서 그 동네로 돌아가겠다고 소리쳤다. 너 자꾸 이러면 언니 다시 집 나갈 거야. 이쯤이면 화해를 하게 되겠구나 생각하고 있었는데 오히려 마음을 더 할퀴는 말을 하고 말았다. 유나는 어쩌지 못하고 있다가 겉옷도 걸치지 않고 집을 나갔다. 등을 돌리고 누워 있던 안나는 현관문이 닫히는 소리를 듣고 급히 유나를 따라 나갔다. 어두운 길을 걷는 동안 언니가 제발 멀리 가지 않았으면, 하고 마음속으로 빌었다. 다행히 가로등 가까이 가자 유나의 뒷모습이 눈에 들어왔다. 안나는 유나를 향해 있는 힘껏 뛰어가서 챙겨 나온 옷을 건네주었다.

언니, 미안해. 다시는 그런 말 안 할게. 진짜야.

안나가 유나의 새끼손가락을 붙잡고 말했다. 안나는 자신이 모든 걸 망쳐버린 것만 같았다.

아니야, 해도 돼.

안 할래.

하고 싶잖아.

아니야, 언니. 내가 잘못했어.

유나는 안나가 진심인 것 같아서, 그 사실이 싫었다. 유나도 아빠와 통화가 되지 않은 지 오래였다. 훌쩍 커버린 안나가 그걸 짐작하고 있을까 봐 유나는 두려웠다. 대체 언제까지, 왜 거짓말을 해야 좋을지는 아무도 가르쳐주지 않는 밤길을 걸으면서, 앞으로는 지킬 수 있는 말만 하고 싶다고 생각했다.

✳

안나는 화해 기념으로 소이와 지후에게 재미있는 구경을
시켜주겠다고 말했다. 오랜만에 들뜬 안나는 아침부터 빨래
를 모아 돌리고, 널고, 바닥에 떨어진 머리카락들을 모아서
버렸다. 긴 것은 유나의 것, 짧은 것은 안나의 것, 하얗고 짧
은 것은 할아버지 것이었다. 안나는 두꺼운 점퍼를 챙겨 입
고 집을 나섰다. 오피스텔 1층에선 편의점 사장이 바람 인형
을 접고 있었다. 저 멀리 소이와 지후가 같이 걸어오는 것이
보였다.

야! 이리 들어와.

안나는 친구들을 편의점 안으로 불렀다.

과자를 하나씩 사줄게. 화해 기념이야.

안나가 말했고 소이와 지후는 각각 과자와 젤리를 골랐다.
우리 집 앞 편의점이 더 좋은데. 지후의 말에 소이가 여기도
좋아, 하면서 어깨를 으쓱했다. 안나는 계산을 한 뒤 편의점
밖으로 친구들을 안내했다.

자, 오늘은 내가 자주 가는 곳들을 구경시켜줄 거야.

다이소?

아니.

그럼?

다 여기서 가까운 데야. 자, 따라와.

안나가 성큼성큼 앞장섰다. 소이와 지후는 한쪽 손만 장갑을 벗고 과자와 젤리를 꺼내 먹으며 안나를 따랐다. 편의점 앞으로 레트리버를 산책시키는 남자가 지나갔다.

저 개 이름은 클로이인데 매일 이 시간쯤에 산책을 나와. 여기 아주머니 말로는 하루에 세 번 나온대. 저 오빠는 6층에 살고 이렇게 한겨울에도 반바지를 입어.

클로이? 소이 영어 이름이잖아?

푸하핫. 클로이! 가자!

근데 너 왜 클로이 했어? 그냥 소이라고 해도 됐잖아.

하라니까 했지 뭐.

아이들은 그렇게 말하며 안나를 따라 걸었다. 편의점을 끼고 코너를 돌면 24시 해장국집이 있었다. 그 식당은 안나의 관심 밖이었지만 이번엔 그렇지 않았다. 안에 관리사무소 직원들이 있었기 때문이다. 안나는 유리문 밖에서 친구들에게 직원들을 소개했다.

저기 저 모자 쓴 아저씨가 관리소장 아저씨고, 앞에 예쁜 아줌마가 미화원 아주머니. 그리고 맞은편에 앉은 사람이 주임 아저씨고 그 옆은 경리 언니. 예쁘지?

소이와 지후가 듣는 둥 마는 둥 과자를 먹고 있을 때 미화원과 안나의 눈이 마주쳤다. 미화원은 안나에게 들어오라고 손짓했다. 안나는 애들아, 잠시만, 하고 식당 안으로 들어갔다. 미화원이 안나의 손을 잡고 뭐라고 얘기하는 것 같았다.

안나는 그저 이따금씩 고개를 끄덕일 뿐이었다.

무슨 일이지?

글쎄.

아, 춥다.

곧이어 시무룩한 표정의 안나가 나왔다.

무슨 일이야?

안나는 고개를 저으며 말했다.

아줌마가 곧 그만둔대.

왜?

계약이 다 됐대.

계약?

전부 다. 아저씨도 아줌마도 언니도 전부 다 그만둬야 한대.

무슨 말이야?

안나는 미화원이 준 만 원을 주머니 속에서 꽉 쥐었다. 분명 아까까진 기분이 좋았는데, 아저씨와 아줌마를 다시 볼 수 없다고 생각하니까 갑자기 눈물이 났다. 안나가 울자 소이와 지후가 따라 울기 시작했다.

너네는 왜 울어?

몰라. 그냥 너가 우니까.

안나는 다시 식당으로 들어갔다.

아줌마, 이제 다시 보려면 어디서 볼 수 있어요?

난 이 동네 사니까 아무 데서나 볼 수 있지.

미화원은 안나를 꼭 안아주었다.

핸드폰 줘봐.

전 핸드폰이 없어요.

안나는 미화원의 핸드폰에 언니의 전화번호를 입력하고, 소이의 핸드폰을 빌려 미화원의 번호를 입력했다. 조금 안심이 되었다.

식당에서 나온 안나는 어디에 가려고 했었는지 까맣게 잊어버리고 말았다. 그래서 그냥 앞을 향해서만 걷고 있을 때, 울음을 그친 소이가 고양이를 발견했다.

야! 이리 와봐! 여기 고양이가 있어!

고양이는 어디에나 있어.

지후는 그렇게 말하면서도 소이를 따라 작은 건널목을 건너 반대편 공사장 쪽으로 갔다. 안나가 가려던 곳이 바로 거기였다. 안나는 힘없이 친구들을 따라갔다. 소이와 지후와 안나는 쪼그려 앉아 박스 속의 까만 고양이를 보았다. 나비는 전보다 자라 있었다. 안나는 나비가 가진 여러 개의 이름과 나비가 언제 처음 이곳에 나타났는지 얘기해주었다.

춥겠다.

그치.

근데 너무 귀엽다.

정말 귀여워.

귀엽다는 말은 사랑한다는 뜻일 것이다. 이제 안나는 친구들에게 굴삭기를 보여주고 싶었다.

자, 이제 이쪽으로 와봐.

조금만 더 보고.

알겠어.

바람이 안나한테만 부는 듯 너무 추웠지만 안나는 기다렸다. 소이와 지후는 30분이나 나비를 본 뒤에 안나를 따라 공사장 입구 쪽에 세워져 있는 굴삭기를 보러 갔다. 난 싫어. 소이는 무섭다면서 멀찌감치 떨어져 가까이 오지 않았다.

와, 멋있다!

그치. 난 이거 움직이는 것도 매일 봐.

여기 재밌는 거 많다.

지후가 처음으로 흥미를 보였다. 하지만 곧 나타난 공사장 직원이 위험하다면서 물러서라고 하는 통에 들어가보거나 가까이 갈 수는 없었다. 안나와 지후는 소이 쪽으로 갔다. 셋은 공사장 너머 요양원을 향해 걸었다. 가는 길에 한 송이씩 눈이 내리기 시작했다.

〈신비아파트〉 봤어?

응. 나 그거 맨날 봐.

좋겠다. 나는 언니 때문에 못 봤어. 우리 언니는 맨날 자기 마음대로만 해.

엄마한테 말해.

엄마도 언니 편이야. 진짜 짜증 나.

그럼 내가 오늘 본 거 얘기해줄까?

응!

소이와 지후가 한창 〈신비아파트〉 얘기에 빠져 있을 때 안나는 문득 방학 숙제를 하나도 하지 않았다는 생각을 했다.

저기는 누가 사는 거야?

아픈 사람들.

요양원의 정원과 그곳을 둘러싼 산책로는 넓고 깨끗하게 관리되어 있었다.

우리 할머니도 병원에 있는데.

지후가 말했고,

우리 할머니는 제주도에 있어.

제주도?

응. 난 엄마보다 할머니가 좋아.

왜?

나를 더 사랑해주니까.

소이가 말했다.

나는 할아버지가 있고 할머니는 없어.

안나가 말했다. 안나는 요양원 옥상에서 아래를 내려다보고 있는, 장난감처럼 작아 보이는 사람들을 바라보았다. 저 사람들한테도 우리가 장난감처럼 작아 보일까?

저기 가보고 싶어.

왜?

그냥.

안나와 친구들은 떨어지는 눈송이를 맞으며 정원을 걸었다. 산책을 하던 사람들이 하나둘 요양원 안으로 들어갔다. 눈은 쌓이지 않고 내리자마자 녹아 사라졌다. 걷다가 지후가 쓰레기 쌓인 곳을 발견했다. 지후는 쭈그려 앉아 거기 쌓인 쓰레기며 버려진 물건들을 뒤적였다.

뭐 해?

돌 찾아.

무엇이든 모으는 것을 좋아하는 지후는 예쁜 돌을 찾는다고 말했다. 안나와 소이는 지후를 따라 쪼그리고 앉아 예쁜 돌을 찾기 시작했다. 지후는 깨진 타일 조각들을 유심히 관찰하며 몇 개를 따로 빼놓았다. 이것 봐. 멋지지? 지후가 물었고 안나의 눈엔 그저 깨진 타일 조각으로 보일 뿐이었지만 크게 고개를 끄덕였다. 그러면서 언제 지후에게 포켓몬 카드를 줘야 하는지, 그걸 받으면 좋아할지 속으로 계속 생각했다. 지후는 코를 훌쩍이면서도 다시 자리를 잡고 앉아 마음에 드는 타일 조각을 고르는 데 집중하고 있었다. 눈이 조금씩 쌓이기 시작했고 이제는 셋 모두 코를 훌쩍이기 시작했다.

애들아, 지금 눈이 별로 없어서 눈싸움은 못 해. 눈사람도 못 만들고.

배고파.

나도.

보리굴비 먹고 싶다.

나 보리 알아. 쌀 같은 거.

소이와 지후의 대화가 간간이 이어졌다.

애들아, 너희 뭐 좋아해? 껌 사줄까?

안나는 언니에게 주려고 했던 주머니 속 만 원을 만지작거리며 말했다.

아니, 괜찮아.

친구들이 말했고 안나는 왜인지 체한 것만 같아 그만 집으로 돌아가고 싶었다.

✳

겨울비가 내리던 날이었다. 감기에 걸린 안나는 코를 훌쩍이며 유나와 함께 외삼촌의 차에 올라탔다. 유나와 안나의 엄마가 안치되어 있는 납골당에 가는 길이었다. 1년 만에 보는 외삼촌과는 이사 오기 전까지 같은 동네에 살았었다. 외삼촌은 자주 못 와봐서 미안하다고 말하고는 키가 부쩍 컸구나! 하면서 놀랐다. 삼촌은 안나에게 학교생활에 대해 물었고 안나는 방학이라서 잘 모른다고 대답했다. 외삼촌은 유나에게 안나의 친구들에 대해 물었다. 유나가 소이에 대해 말했고 안나는 엄마보다 더 영어를 잘한다고 덧붙였다.

안나야, 너도 영어학원 다닐래?

아뇨.

왜?

소이가 그러는데 어렵대요.

넌 안 해봤잖아.

소이가 어렵대요.

우리 안나 똑똑해서 잘할 텐데.

제가요?

안나는 유나를 바라보며 어깨를 으쓱했다.

아무튼 우리 유나 정말 대견해. 삼촌이라면 너처럼 못 했을 거야.

외삼촌은 늘 유나가 싫어하는 말을 한다. 안나는 새 학기가 시작되면 언니가 미술학원에 보내줄 것 같다고 말하려다 말았다. 삼촌이 싫은 건 아닌데, 지금 삼촌에게 우리가 어떻게 살고 있는지 자세히 말하고 싶지는 않았다. 자세히 말하고 나면 누군가 울게 될지도 모르니까. 괜찮아질 때까지 평평 우는 것도 쉬운 일은 아니다.

✳

[안나야, 너 방학 숙제 했어?]

소이의 문자였다. 개학 전날, 안나는 밀린 방학 숙제를 하

느라 여념이 없었다. 독후감이나 일기 중 하나를 내야 하는
데, 안나는 일기를 쓰는 중이었다. 밤이라도 샐 태세였다. 공
휴일인 데다가 쉬는 날이라서 유나는 오늘 안나에게 롤러장
에 가자고 제안했었다. 롤러장은 안나가 가장 가보고 싶어하
는 곳이다. 하지만 소이의 문자를 받은 안나는 다음에 데려
가달라고 하고는 숙제하기를 택했다.

학년이 바뀌는데 누가 검사를 하는 거야?

새 학년 담임 선생님이.

안 하면 혼나?

안 혼날 수도 있어.

나라면 안 했을 텐데 멋지다.

언니는 다른 거 잘하잖아.

뭐 도와줄까?

아니, 괜찮아.

연필 깎아야 할 것 같은데?

아니. 죠스바랑 쫄병스낵이나 사다 줘.

유나는 안나가 취향이 확실하다는 것이 좋았다.

✳

언니, 한번 읽어봐. 틀린 데 없나.

안나가 유나에게 일기장을 건네고 할아버지 옆에 누웠다.

더퍼스트 스위트 벨라지움 스타 시티. 그동안 생긴 오피스텔 이름들을 내 마음대로 합친 것이다. 무슨 뜻인지는 모른다. 사람들은 아무 때나 다니고 자주 싸우고 자주 이사를 다닌다. 대부분 어른. 아이는 거의 없다. 여기는 혼자 사는 사람이 많은데 나는 셋이 산다. 근데 이제 나중에 햄스터를 키워보고 싶다. 햄스터는 귀엽고 야행성이다. 나 빼고 다 키우는 것 같다.

더퍼스트 스위트 벨라지움 스타 시티. 그동안 생긴 오피스텔 이름들을 내 마음대로 합친 것이다. 오늘은 여기 사무실에서 일하는 아저씨랑 아줌마가 그만두셨다. 아저씨는 맨날 나한테 연예인을 할 건지 선생님을 할 건지 대통령을 할 건지 물어본다. 그리고 아줌마랑은 지하 휴게실에서 가끔 놀았다. 이제 어디서 볼 수 있는지 물어봤는데 이제부터는 지하 말고 롯데리아에서 보자고 하신다. 전화번호를 교환했다.

더퍼스트 스위트 벨라지움 스타 시티. 그동안 생긴 오피스텔 이름들을 내 마음대로 합친 것이다. 이 앞에는 다른 오피스텔이 공사 중이다. 거기 사는 고양이 나비는 내가 지어준 이름. 까만 새끼 고양이다. 내가 가장 사랑하는 엄마가 살아계실 때 고양이는 무조건 나비라고 했던 게 기억나서 그렇게 지었다. 근데 대체 언니는 나를 핸드폰을 언제 사줄까.

안나

더퍼스트 스위트 벨라지움 스타 시티. 그동안 생긴 오피스텔 이름들을 내 마음대로 합친 것이다. 내가 가장 사랑하는 할아버지. 우리 할아버지는 매일 아프다. 미술학원은 안 다녀도 되니까 할아버지랑 오래오래 같이 살고 싶다. 내가 바라는 것은 할아버지가 아프지 않는 것인데 할아버지가 바라는 것도 내가 아프지 않는 거라고 한다. 나는 요즘 김치를 먹는 연습 중이다. 언니는 내가 볼 때 안 아픈 것 같다.

더퍼스트 스위트 벨라지움 스타 시티. 그동안 생긴 오피스텔 이름들을 내 마음대로 합친 것이다. 내가 앞으로 가보고 싶은 곳은 여기 앞에 공사장 뒤에 있는 요양원 옥상이랑 롤러장이랑 옛날에 살던 동네. 옛날에 살던 동네는 혼자는 못 가고 롤러장은 언니가 가자고 해서 진짜 갈 수 있었는데 내가 숙제하느라고 못 갔다. 다음에 언니가 쉬는 날 갈 수 있다.

더퍼스트 스위트 벨라지움 스타 시티. 그동안 생긴 오피스텔 이름들을 내 마음대로 합친 것이다. 나는 이 앞에 있는 공사장에 있는 VOLVO 굴삭기를 보는 거랑 다이소를 구경하는 걸 제일 좋아한다. 나중에 크면 그거를 다 사고 싶다. 근데 미술학원에 다니게 돼서 믿기지 않을 만큼 좋았는데 갑자기 가기 싫다. 괜히 조금 겁이 난다.

더퍼스트 스위트 벨라지움 스타 시티. 그동안 생긴 오피스텔 이름들을 내 마음대로 합친 것이다. 여기서 학교까지는 원래 걸어서 5분인가 10분이면 되는데 나는 30분이 걸린다. 내가 가는 길은 따로 있다. 나는 내가 좋아하는 곳들을 다 들러서 학교에 간다. 가는 길에 볼 게 많다. 그래서 원래 다 들르면 한 시간이 걸릴지도 모른다. 아니 두 시간? 오늘은 개나리가 핀 것을 보았다. 그래도 아직 추운데 개나리가 핀 것이다. 왜 폈지? 왜? 내 생일은 5월 5일 어린이날이다.

더퍼스트 스위트 벨라지움 스타 시티. 그동안 생긴 오피스텔 이름들을 내 마음대로 합친 것이다. 아무튼 방학이라서 많이 심심했는데 이제 내일부터는 학교에 간다. 나는 이제 어떤 선생님과 친구들을 새로 만날까? 나는 처음에 낯을 가리니까 2학년 때 친구들하고 같은 반이 되었으면 좋겠다.

✳

안나의 글씨는 뒤로 갈수록 너무 커져서 마지막엔 다섯 문장을 적는 데 노트 두 장을 쓰기도 했다. 유나는 내일 학교가 끝날 때쯤 안나를 데리러 가서 미술학원에 같이 가볼 예정이다. 그동안엔 방과 후 수업 신청도 놓치고 학원도 따로 다녀보지 않아서, 안나가 학교 수업 외에 정식으로 무언가를 배우는 것은 처음이다. 유나는 잠든 것 같아 보이는 안나에게 슬쩍 말을 걸어보았다.

안나야, 우리 미술학원 어디 가지?

미술학원?

응.

사거리 지나서 1층에 노브랜드 있는 상가 있지. 거기 7층에 미술학원 있어.

거기 갈래?

응. 내가 다 봐놨어. 숙제 틀린 데는?

없어.

응. 불 꺼줘, 언니.

유나는 불을 끄고 조용히 안나의 일기장을 덮었다. 맨 앞의 두 문장이 계속 반복되는 것은 그대로 두기로 했다. 유나는 안나가 부디, 자주 웃고 자주 좋았으면 좋겠다고 생각했다.

## 그대로 남아 있는 것들 몇 가지

얼마 전 아는 어린이가 자신이 살면서 가장 기뻤던 순간과 슬펐던 순간에 대한 이야기를 들려주었다. 왜인지 기뻤던 순간에 대한 이야기는 기억에 남아 있지 않고 슬펐던 순간에 대한 이야기만 기억에 남아 있다. 그 순간은 바로 부모님이 코로나 확진 판정을 받았을 때였다.

근데 너도 코로나에 걸렸었잖아?

제가 걸린 건 괜찮았는데요, 엄마가 걸리니까 슬펐어요.

왜… 왜……?

대신 아파줄 수가 없으니까요.

그리고 어떤 것들의 부재는 할 말마저 없게 만든다는 사실을 알게 되었다. 상실과 부재란 다른 이야기이며 어쩌면 끝과 끝에 있는 이야기란 걸. 안나는 어떤 것들에 대해서는 한마디도 할 수 없고, 할아버지 대신 아파줄 수 없다. 나는 안나가 자신의 상황이나 기분에 대해서 편안하게, 혹은 자유롭게 표현하지 못할 거라고 생각하지만, 늘 겁에 질려 주눅들어 있던 나보다는 조금 더 표현하는 사람인 것 같아 다행이라고 생각한다. 안나가 더 많이 자기 자신에 대해 표현하며 자랐으면 좋겠다. 생각보다 오래, 많은 기분과 기억들이 남아 있을 것이므로.

안나를 만난다면 어젠 잘 잤는지, 어떤 꿈을 꾸었는지, 무얼 먹었는지, 요즘 기분은 어떤지, 이번 겨울 방학은 어땠는지 물어보고 싶다. 나는 안나가 바라는 것, 배우고 싶은 것, 갖고 싶은 것, 보고 싶은 것, 가고 싶은 곳, 읽고 싶은 것, 하고 싶은 것, 되고 싶은 것, 고마운 것, 미안한 것, 불편한 것, 걱정되는 것, 잊고 싶은 것, 후회되는 것이 무엇인지 궁금하다.

가끔 어릴 적 사진을 보면 어김없이 눈물이 난다. 울고 있는 걸 보면 슬펐구나 싶어서 슬프고 웃고 있는 걸 보면 슬픈데 웃었구나 싶어서 슬프다. 자기 연민 같은 것이라고 한다면 그렇군요, 겨우 한마디를 할 수 있을 뿐. 나로서는 돌려 말하기 어려운 이야기. 그냥 단순하게 말하고 싶다. 여전히 마음이 아프다는 식으로. 앞으로도 그럴 것 같다는 식으로. 그때의 상황들, 그 속에서 웅크리고 있던 나 자신과 나를 둘

러싼 사람들을 이해하기란 왜 이토록 오래 불가능한지 모르
겠다.

기
쁨

이종산

웬디와 팅커벨

이 세계에서는 누구나 두 개의 방을 가지고 있다. 하나는 현실에 있는 방이고, 다른 하나는 스크린 윈도우 속에 있는 방이다. 집 바깥에는 치명적인 전염병을 옮기는 무서운 벌레들이 떼를 지어 날아다녀서 사람들은 각자의 방 안에 스크린 윈도우를 달고 산다. 스크린 윈도우는 벽면에 설치하는 종이처럼 얇은 화면인데, 사람들은 이 화면을 통해 바깥을 보기도 하고, 다른 사람들에게 자신을 보여주기도 한다. 스크린 윈도우에는 카메라가 들어 있어서 현실의 방이 그대로 비친다.

미소는 네 명의 보호자와 함께 산다. 함께 산다지만 집 안에서 보호자들을 마주칠 일은 거의 없다. 화장실이 방마다 따로 있는 데다 식사도 각자의 방 안에서 따로 한다. 식사는 그날의 당번이 준비해서 끼니때가 되면 방문 앞에 놓아주는데, 냉장고(역시 방마다 있다)에 먹을 것이 있는 경우에는 가족 메시지 창 한쪽에 있는 〈오늘의 식사〉 메모지에 식사가 필요하지 않다고 체크해서 당번이 괜히 필요하지 않은 식사를 준비할 일이 없도록 한다.

원래 이 집에는 방이 하나뿐이었다. 작은 화장실이 딸린 딱 10평짜리 방이었다. 방 하나가 부엌과 거실, 서재와 침실 역할까지 했지만 그 방에 사는 눈알(보호자 중 한 명이다)은 특별히 집이 비좁다거나 불편하다고 느끼지 않았다. 더 넓으면 좋긴 하겠지만 큰 집을 지을 돈이 없었고, 이미 있는 집으로도 충분한데 큰 집을 지으려고 돈을 쓰는 것이 낭비라고 생각하기도 했다.

그러다 커뮤니티에서 만나 아주 친한 친구가 된 네 사람(새, 눈알, 손톱, 빵)이 함께 살기로 하면서 새와 손톱, 빵은 자신이 살던 집을 눈알의 집으로 옮겨 왔다. 옮겨 왔다는 것은 말 그대로 '옮겼다'는 것이다. 이 세계에는 조립식으로 지은 집이 많아서 이사할 때 집을 해체하거나 차에 통째로 실어 새로운 부지에 옮긴다.

세 사람이 눈알의 집으로 각자의 집을 옮겨 온 것은 눈알이 사는 집 주변에 다른 집들이 없어서였다. 눈알은 넓은 들판이 펼쳐진 황무지에다 집을 짓고 살았다. 눈알은 괴짜라 자신의 결정에 아주 만족했지만, 굳이 아무도 살지 않는 황무지에 집을 지어놓고 결국 세 명의 친구를 불러 같이 살게 된 것은 괴짜도 외로움을 타기 때문이다. 눈알은 아무나와 더불어 살고 싶은 것이 아니라 마음 맞는 친구들과 같이 살고 싶었다. 고독을 즐기기는 했지만 항상 혼자인 것은 싫었다.

새와 손톱, 빵도 비슷한 이유로 자신의 집을 옮겨 와 눈알의 집에 붙였다. 네 사람은 가운데에 공용 공간을 만들고, 그 공간을 중심으로 네 개의 방을 붙였다. 몇 년 후, 네 사람이 아이를 입양하기로 하면서 이 집에 방이 하나 더 생겼다. 다행히도 눈알이 나중에 새로운 방이 필요해질 수 있다며 공용 공간을 정사각형이나 직사각형으로 하지 않고 벌집 같은 육각형으로 하자고 제안한 덕분에 새로 들어온 가족의 방을 만드는 일은 어렵지 않게 이루어졌다.

미소는 아주 어렸을 때 이 집으로 와서 전에 살던 곳에 대한 기억이 거의 없다. 아주 어렴풋하고 희미한, 느낌에 가까운 이미지들만 몇 개 남아 있다. 미소는 가끔 그 시절에 대해 상상한다. 그곳에 자신을 사랑해주던 사람이 있었을까? 그곳은 옛날 소설 속에 나오는 고아원 같은 곳이었을까? 그곳에서의 시간은 고통스러웠을까 아니면 즐거웠을까?

"그냥 내 상상일 수도 있는데 거기 있을 때 외로웠던 것 같아. 그런 느낌이 남아 있어."

미소는 손톱에게만 몰래 그렇게 말한 적이 있다. 손톱은 이렇게 대답했다.

"상상만은 아닐 거야. 세상에 태어난 모든 아기는 외롭거든. 모든 아기는 완벽히 혼자야. 아직 사람 사귀는 법을 못 배웠으니까. 그래서 외로운 거야."

그 말은 설득력 있게 느껴졌다. 그래서 미소는 고개를 끄덕였다. 모든 아기가 외롭다면 자신이 아기 때 외로웠던 기억도 별일이 아니었다. 누군가가 따뜻하게 대해줬던 기억도 어렴풋이 남아 있었다. 어쩌면 애정 어린 보살핌을 받았을지도 모른다. 그 정도 기억이면 충분했다.

미소는 세 살 때 네 보호자가 있는 집으로 왔다. 벌레폭풍 때문이었다. 그해에 대규모 벌레폭풍이 와서 많은 사람들이 죽었다. 전 세계에서 벌레들이 폭풍우처럼 거대한 무리를 지어 날아다니며 병을 옮겼다. 미소가 있던 시설에도 위기가 닥쳤다. 시설에서 일하는 직원들이 병에 걸려 아이들을 돌볼 사람이 부족해졌고, 병에 걸린 아이들도 생겼다. 시설 안에서는 완벽한 격리가 불가능했다. 시설 원장은 이러한 상황을 호소하며 도움을 구하는 글을 스페이스에 올렸다. 그 시설만이 아니라 보호자가 없는 아이들을 돌보는 많은 시설에서 비슷한 글을 올렸다. 그때 아주 많은 아이들이 아주 많은 가정으로 입양됐는데 그중 하나가 미소였다. 원래 아이를 원했던 빵이 그 글을 보고 나머지 친구들을 설득했다. 손톱이 가장 먼저 찬성했고, 눈알도 흔쾌히 그러자고 했다. 눈알은 세 명쯤 더 입양하고 싶어했지만 다른 친구들이 그건 나중에 생각해보자고 말렸다(눈알은 지금도 그러고 싶어한다). 새가 가장 늦게 찬성했는데 실은 그 찬성도 마지못해 억지로 한 것이었다고 나중에 손톱이 미소에게 이야기했다. 새는 손톱이 없는 소리를 지어낸다고 화를 내며 자신은 아이를 키우는 것이 어려운 일이니까 신중하게 결정하려 한 것이지 반대한 적은 없다고 말했다.

미소가 네 명의 보호자들과 살게 된 배경이나 이 세계가 어떤 곳인가 하는 설명은 이것으로 충분한 것 같다. 이제 진짜 이야기를 시작해보자.

미소는 이 세계에 사는 다른 아이들처럼 심심하고 지루했다. 대규모 벌레폭풍은 지나갔지만 아직 밖에 벌레들이 날아다녀서 자유롭게 밖을 돌아다닐 수는 없다. 함께 사는 가족들과도 접촉을 최소화해야 해서 다들 각자의 방 안에서 지내다 일주일에 한 번, 세 시간 동안만 공용 공간에 모여 시간을 보낸다.

「어떻게 하필 이런 시대에 태어났지? 여행도 못 다니고, 그렇다고 집 앞에 마음대로 나갈 수 있는 것도 아니고, 한 번 나가려면 온갖 보호구를 입어야 해서 번거롭고 답답해! 친구를 사귀기도 너무 어렵고, 맨날 집에만 갇혀 있으려니 심심해 죽겠다고!」

미소는 마음속의 불만을 스크린 가득 타이핑한 다음 윈도우 밖으로 날려 보냈다. 스크린 속의 창문이 활짝 열리고 글자들이 스페이스로 날아가는 것을 보니 조금은 속이 시원해졌다.

「새   누가 볼 줄 알고 네가 쓴 글을 그렇게 막 밖으로 보내?」

가족 메시지 창이 반짝거렸다.

「눈알   냅둬. 옛날 사람들이 유리병에 편지 넣어서 바다에 띄우던 거랑 비슷한 거지 뭐.」

「미소   내 스크린 훔쳐보지 말랬잖아! 왜 보호자는 차단이 안 되는 거야? 내 인권보다 보호자의 권리가 더 중요해?」

「새   보호자의 권리 때문이 아니라 널 보호하기 위한 거야.」

「미소   보호를 명목으로 한 억압이겠지. 인간의 모든 역사에서 지배와 억압은 항상 그런 식으로 일어났어.」

「눈알   오, 그건 맞는 소리인데? 요즘은 학교에서 애들한테 역사를 제대로 가르치나 봐.」

「새   눈알, 네가 그러니까 애가 자꾸 더 그러는 거야. 이

집에서 삐뚤어진 사람은 너 하나로 족해.」

「**손톱** 쟤네 또 싸우네. (웃음) 웃겨 죽겠다. (웃음)」

「**빵** 쟤들은 저러고 사는 게 낙이지 뭐. 미소야, 재밌지?」

「**미소** 하나도 재미없어. 다들 나한테 신경 좀 꺼주면 안 될까? 나 이제 잘 거야.」

미소는 메시지 창을 닫았다. 하지만 알림은 계속 떴다. 네 사람은 조용하다가도 한번 물꼬가 트이면 밤이라도 새울 기세로 수다를 떤다.

미소는 한숨을 쉬며 침대로 들어갔다.

'정말 지루한 인생이야. 내일도 오늘이랑 똑같은 하루겠지. 진짜 지겨워 죽겠어.'

바로 잠이 오지는 않아서 뒤척이는데 문득 스크린 윈도우에서 노크 소리가 났다. 미소는 침대에서 나와 누가 자신의 윈도우에 노크를 보냈는지 봤다.

〈팅커벨 님이 미소 님의 윈도우에 노크했습니다. 문을 여시겠습니까?〉

"팅커벨이 누구지?"

미소는 중얼거리며 〈노크한 사람 보기〉 버튼을 눌렀다. 노크한 사람의 정보는 대부분 비공개였지만, 나이와 얼굴은 볼 수 있었다. 미소와 같은 열두 살이었고, 얼굴도 나이에 맞아 보였다. '가짜 얼굴 아님'에 체크도 되어 있었다. 무서워 보이지는 않았다. 턱이 뾰족한 얼굴에 주근깨가 있고 머리는 짧았다. 눈과 귀가 동글동글해서 장난스러운 느낌이 있었는데, 생김새 때문이 아니라 익살스러운 표정 때문에 그렇게 보이는 것 같기도 했다.

「내 윈도우에 왜 노크했어?」

미소는 팅커벨에게 메시지를 보냈다.

「아까 네가 날려 보낸 말을 봤어. 나랑 생각이 비슷한 것 같아서 얘기나 해볼까 했지. 문 열어주면 안 돼?」

미소는 가슴이 두근거려서 바로 답을 하지 못했다. 정말 누군가가 볼 거라고 생각하고 날려 보낸 것이 아니었다. 게다가 찾아오기까지 하다니. 스페이스를 향해 아무 말이나 날린 적은 많았다. 하지만 누가 그 말을 보고 찾아와 이야기를 나누자고 한 것은 처음이었다.

「들어와. 잠깐 얘기하는 정도면 괜찮아.」

미소는 조마조마한 마음으로 그 애가 자신의 스크린 윈도우 안으로 들어오도록 허락했다. 만약 그 애가 이상한 짓을

○
ᵒ
ᵒ

한다면 바로 〈쫓아내기〉를 누르면 된다. 바로 부를 수 있는 보호자들도 있었다. 그러나 그런 경계심은 그 애를 보자마자 풀려버렸다. 미소는 그 애가 마음에 들었다. 사진보다 훨씬 귀여운 애였다. 그 애는 활짝 웃는 얼굴로 인사했다.

"안녕?"

"어, 안녕."

"어색해? 내가 너무 갑자기 노크했지?"

"어색하다기보단 새로운 사람을 만나는 게 너무 오랜만이라서."

"커뮤니티 안 해?"

"하긴 하는데 요샌 좀 질려서. 커뮤니티에서 만나봐야 똑같잖아. 이상한 사람들도 많고."

"그치. 변태들도 많아."

그 애는 그렇게 말하고 웃었다. 변태들이라는 말에 미소도 웃음이 나왔다. 직접 만나본 적은 없지만 친구들 중에는 커뮤니티를 하다 그런 이상한 사람들을 보거나 마주친 애들이 있었다. 그런 사람들은 갑자기 다가와서 평범한 인사를 하고는 자신의 벌거벗은 몸을 보여주거나, 스크린 윈도우 안으로 자기를 들여보내달라고 하면서 이상한 사진이나 영상 같은 것을 보낸다고 들었다. 그런 짓을 대체 왜 하는 걸까? 미소는 그런 사람들에 대해서 싫다는 감정보다는 호기심을 느꼈다. 그렇다고 딱히 마주치고 싶은 건 아니지만. 그냥 그런 사람들은 왜 그러는 건지 알고 싶었다.

"이름이 왜 팅커벨이야?"

"처음 커뮤니티 시작할 때 만든 이름이라 좀 유치해. 어릴 때 팅커벨을 좋아했거든. 이제 와서 이름을 바꾸기도 귀찮고, 마음에 들기도 해서 그냥 써. 넌 그런 이름 없어?"

"응, 난 다른 이름은 따로 없어. 처음 커뮤니티 이름 만들 때 빵이랑 손톱이 원래 이름 쓰는 게 더 좋을 거라고 하더라고. 새랑 눈알도 그랬고."

"그게 누군데? 빵, 손톱, 새, 눈알?"

"내 보호자들."

"아. 이름들이 재밌네."

"원랜 커뮤니티에서 쓰는 이름들이었대. 근데 넷이서 살기로 하고부터 그냥 그 이름들을 진짜 이름처럼 쓰기로 했나 봐."

"그렇구나."

팅커벨은 그에 관해서는 더는 흥미가 없는지 건성으로 대답하고는 스크린 윈도우 안을 두리번거렸다.

"방이 좁네? 멋있거나 예쁘지도 않고. 왜 안 꾸며?"

팅커벨의 말에 미소는 놀랐다. 그 애처럼 예의 없게 말하는 아이는 처음 봤다. 생각한 것을 그대로 말하고 싶었지만 참기로 했다.

'나까지 예의 없는 사람이 될 건 없지.'

미소는 불쾌한 기분을 숨기고 태연한 척 말했다.

"이게 꾸민 거야. 진짜 내 방이랑 다르게 꾸미려면 훨씬 멋지게 꾸밀 수도 있는데, 그러고 싶진 않아서."

"왜? 나는 내 스크린 윈도우가 있으면 완전 멋지게 꾸밀 거야. 진짜 내 방이랑은 완전 다르게."

미소는 또 한 번 놀랐다. 이번에는 불쾌해서 놀란 게 아니었다.

"넌 스크린 윈도우가 없어? 그럼 지금 나랑은 뭘로 이야기하는 건데?"

"공용 스크린 윈도우가 있어. 우리 집엔 애들이 많아서 시간을 정해서 돌아가면서 쓰거든. 그래서 지금도 오래 있지는 못해. 30분씩 하는 거라. 이제 얼마나 남았지? 내가 몇 시에 들어왔더라?"

"나도 모르겠어."

미소는 스크린 윈도우에 뜬 시계를 보며 중얼거렸다. 그 애에게 너무 강한 호기심이 느껴져서 머리가 어지러울 지경이었다. 묻고 싶은 게 너무 많았다.

"많다는 게 얼마나 많은 거야? 그러니까 형제들이?"

"50명쯤 돼."

팅커벨이 씩 웃으며 말했다.

"말도 안 돼. 거짓말하는 거 아니야?"

"보여줘?"

그 애가 손짓을 하며 소리쳤다.

"얘들아, 다 이리로 와봐!"

곧 스크린 윈도우에 아이들이 하나씩 나타났다. 금방 열 명은 되는 아이들이 들어와서 스크린 윈도우가 북적거렸다.

"다 네 동생들이야?"

미소는 놀라서 입을 벌렸다가 정신을 차리고 물었다.

"응, 여기 있는 애들은 다 동생들이고 나보다 나이 많은 언니 오빠들은 다른 데 있어. 옆 건물에. 중학생부터는 다른 건물에 살거든."

팅커벨의 동생들이 미소에게 질문을 퍼부어댔다. 질문이 너무 많아서 뭐가 뭔지 잘 들리지도 않았다.

"이제 다들 나가. 시끄러워 죽겠다. 이 언니가 곤란해하잖아."

아이들은 한바탕 소란을 떨며 방에서 나갔다. 아이들이 스크린 윈도우에서 사라지자 방 안이 조용해졌다. 미소는 한숨을 쉬었지만 슬픈 한숨은 아니었다. 오히려 얼굴이 들뜬 즐거움으로 반짝거렸다.

"휴. 내 스크린 윈도우에 이렇게 사람이 많은 건 처음이었어. 정신이 하나도 없네. 아예 정신이 나갈 뻔했어."

"나도 쟤네들 때문에 한 번씩 정신이 나갈 것 같아. 지금까지 정신이 붙어 있는 게 다행이라니까."

미소와 팅커벨은 서로를 보며 키득거렸다. 둘은 이제 친구였다. 미소는 팅커벨이 벌써 너무 마음에 들어서 그럴 수만 있다면 그 애를 보내지 않고 밤새 침대에서 수다를 떨고 싶었다.

"네 메시지 봤을 때 내가 뭐 하고 있었는 줄 알아?"

그 애가 물었다. 얼굴은 활기로 가득 차 있었고 온몸에 에너지가 넘쳐 보였다. 미소도 아주 얌전하기만 한 성격은 아니었지만 그 애만큼 활기찬 적은 인생에서 단 하루도 없었다.

"뭐 하고 있었는데?"

"너랑 똑같은 생각을 하고 있었어! 어떻게 하필 이런 시대에 태어났지? 그 생각 말이야. 한 글자도 안 다르고 똑같아. 네 메시지를 보는데 순간 내 생각이 자동으로 타이핑 되어서 떠다니는 줄 알았다니까."

스크린 윈도우에는 '창문 밖 보기' 기능이 있는데, 이 기능으로 아주 많은 것을 볼 수 있다. 예를 들어, 단순히 집 앞을 보는 것도 가능하다. 배달이 왔는지, 이상한 사람이 집 앞에 얼쩡거리지는 않는지, 바깥 날씨는 어떤지 보는 거다. 아주 먼 곳의 현재 모습을 볼 수도 있다. 이탈리아의 작은 섬에서 지금 무슨 일이 벌어지고 있는지  볼 수도 있고(오렌지가 얼마나 익었는지도 볼 수 있다!), 히말라야 산 속의 새들을 보거나, 마데이라 바다의 돌고래들을 볼 수도 있다.

현실이 아니라 스페이스를 볼 수도 있다. 다른 사람들의 스크린 윈도우를 탐색하거나 스페이스에 떠다니는 이미지나 글들을 보는 거다. 사람들은 아무 말이나 써서 스페이스에 날려 보내는데, 거기에 추적 허용을 해놓으면 누군가 그 글을 보고 스크린 윈도우로 찾아와 노크를 하거나 메시지를 보낼 수도 있다. 팅커벨이 미소를 찾아온 것처럼 말이다.

"다들 하는 생각 아닐까? 집 안에 갇혀 지내는 거 다들 똑같잖아. 오늘 학교에서 숙제를 내줬거든. 우리 세대를 다룬 뉴스 기사를 읽고 그에 대한 생각을 써오라고. 생각은 무슨 생각. 답답하고 심심해 죽겠지. 숙제에 그렇게 쓸 수는 없어서 내 스크린에 써서 밖으로 보낸 거야. 그걸 정말 누가 볼 줄은 몰랐어."

"그래도 운명이야! 딱 내가 그런 생각을 하고 있을 때 내 눈앞으로 네 글이 지나갔잖아. 그런 게 운명이 아니면 뭐겠어. 그걸 보는 순간 널 꼭 만나야겠다고 생각했어. 이 글을 쓴 애랑은 친구가 될 수 있을 것 같다는 생각이 들더라고."

"그래? 그렇게 생각해줬다니 고맙네."

미소는 뭐라고 말하는 게 좋을지 몰라 그렇게 대답했다. 사실은 제자리에서 방방 뛸 정도로 기뻤지만, 그런 행동을 해본 적이 없어서 마음과 달리 얌전한 말만 나왔다. 팅커벨은 전혀 신경 쓰지 않고 계속 활기차게 말했다.

"내가 네 스크린 윈도우에 노크하기 전에 생각을 좀 해봤는데, 우리가 재밌는 걸 할 수도 있을 것 같아."

"재밌는 거? 그게 어떤 건데?"

"그건 이제부터 우리가 같이 생각해봐야지!"

미소는 재밌는 게 무엇인지 하나도 생각나지 않았다. 재밌는 걸 해본 게 언젠지. 맨날 스크린 윈도우로 영화나 보고, 매일 노는 애들이랑 의미 없는 수다나 떨고, 가상공간으로 놀러 다니고. 요즘은 재밌게 느껴지는 일이 하나도 없었다. 하지만 눈앞에 완전히 새로운 애, 그것도 잔뜩 들떠서 눈을 반짝이며 너와 친구가 되고 싶다고 말하는 애가 있으니 재밌는 일을 할 수도 있을 것 같았다.

"나 이제 가봐야겠다."

"벌써?"

"시간이 다 됐어. 정해진 시간이 거의 다 되면 빨간 불이 깜빡거리거든. 지금 빨간 불이 미친 듯이 깜빡거리고 있어. 제시간에 안 나가면 다음 날은 아예 못 해. 나 일단 나갈게. 내일 봐!"

"내일도 같은 시간에 올 거야?"

미소가 말을 채 끝내기도 전에 그 애는 스크린에서 사라져 있었다. 희미하게 '응' 하는 대답이 들렸던 것 같기도 했다. 그 애가 사라진 뒤 미소는 침대로 돌아가 이불을 덮었다. 내일이 벌써 기다려졌다. 그 애가 다시 노크를 보낼 다음 날 밤이.


다음 날 밤에는 아홉 시 반이 지나서 노크 소리가 들렸다. 미소는 스크린 윈도우 앞에서 기다리고 있다가 노크 소리가 들리자마자 그 애가 들어오도록 허락했다.

"안 오는 줄 알았어!"

"딱 시간 맞춰 오려고 했는데 일이 좀 생겨서. 별이라고 일곱 살짜리 애가 있는데 걔가 다른 애랑 놀다가 머리에 장난감을 맞았어. 다치진 않았는데 놀랐는지 계속 울더라고. 걔 달래주고 오느라 늦었어. 걔는 내가 달래줘야만 울음을 그치거든. 날 너무 좋아해."

"힘들겠다."

"응, 내가 돌봐줘야 하는 애들이 많으니까 힘들긴 한데 괜찮아. 애들이 귀여울 땐 또 엄청 귀여워."

동생이 많다는 건 어떤 걸까? 미소의 친구들 중에는 형제가 있는 애가 없었다. 그런데 동생이 한 명도 아니고 열 명도 넘게 있다니. 그 애가 갑자기 어른스러워 보였다.

"생각해본 거 있어?"

팅커벨이 물었다.

"생각은 해봤는데 잘 모르겠어. 재밌는 걸 해본 지가 너무 오래돼서."

"난 파티를 하고 싶어."

"스페이스에서?"

"그것도 좋은데 진짜로 만나서 하면 더 재밌지 않을까?"

"진짜로?"

미소는 그게 무슨 뜻인지 바로 이해가 안 가서 되물었다.

"응, 이렇게 스크린 윈도우로 만나는 거 말고 진짜로 만나는 거야. 만나서 파티를 하는 거지!"

가슴이 두근거렸다. **진짜로** 만나서 파티를 하다니. 생각해본 적도 없는 일이었다.

"어른들에게 물어봐야 하지 않을까? 넌 허락 받을 수 있어?"

미소가 조심스럽게 물었다.

"모르겠어. 한 번도 해본 적이 없어서."

"넌 친구 집 안 가봤어?"

"안 가봤지. 너는?"

"나도."

"가보고 싶어?"

"그건 잘 모르겠는데 널 진짜로 만나는 건 좋아."

"그럼 해볼래? 일단 우리끼리 계획을 짜서 어른들에게 허락을 받는 거야."

"좋은 생각이야."

그날부터 두 사람은 계획을 짰다. 계획은 점점 커져갔다. 처음에는 둘이 만나서 조촐한 파티를 하는 걸 생각했지만 생각해보니 사람이 많으면 더 재밌을 것 같았다.

"사람을 많이 불러서 뭘 하지?"

"재밌게 놀아야지."

"그래도 뭔가를 하자고 정해야 하지 않을까? 안 그럼 어색

할 것 같은데."

두 사람은 머리를 쥐어짰다. 그러다 아이디어가 나왔다. 생일 파티를 열면 어떨까 하는. 세상의 모든 열두 살들을 모아 생일 파티를 여는 거다. 둘 다 그 생각이 마음에 들었다. 그다음부터는 계획이 술술 풀렸다. 두 사람은 필요한 것들의 목록을 작성했다. 가장 중요한 것은 장소와 초대였다.

"장소가 제일 문제야. 어디서 만나지? 몇 명이나 올지는 모르겠지만 넓어야 할 것 같은데."

그 애가 말했다.

"그건 내가 구해볼 수도 있을 것 같아."

그날 밤, 팅커벨이 가고 난 후 미소는 망설이다가 가족 메시지 창에 글을 올렸다.

「**미소**  친구랑 파티를 하고 싶어.」
「**새**  무슨 파티?」
「**미소**  지금 다들 공용 공간으로 나올 수 있어?」

미소와 네 보호자가 공용 공간에 모였다. 당연히 모두 보호구를 입고 나왔다. 미소는 공용 공간의 스크린에 그 애와 함께 짠 계획을 펼쳤다.

"멋진데?"

눈알이 가장 먼저 말했다. 미소는 마음이 놓였다. 멋진 계획이라는 건 알았지만 보호자들에게 어떻게 보일지는 예상이 안 됐었다.

"말도 안 돼."

새는 표정이 딱딱하게 굳었다.

"너도 이게 말도 안 되는 거 알지?"

새가 이런 반응을 보일 거라는 걸 예상했으면서도 마음이 쿵 내려앉았다. 미소는 공용 공간으로 나오기 전에 수없이 연습한 말을 쏟아냈다.

"왜? 우리 집 앞에 있는 땅 넓잖아. 별로 어려울 거 없어. 음식도 안 먹을 거고, 그냥 모이기만 할 거야. 보호구도 입을 거고. 사람이 그렇게 많이 안 올 수도 있어. 아니, 그렇게 많이 안 올 거야. 모여서 얌전히 놀다가 헤어질게. 요즘 벌레도 많이 없잖아. 지금이 아니면 언제 이런 걸 해보겠어. 좀 있으면 또 벌레폭풍이 온다는데. 그 전에 한 번만 해보면 안 될까?"

"절대 안 돼. 바깥에 외출하는 것도 조심스러운데 사람을 잔뜩 모아서 파티를 한다고? 이건 파티 규모도 아니야. 축제지."

축제. 그 말을 듣자 가슴이 뛰었다. 그 애를 만난 후로는 매일 가슴이 두근거린다.

"맞아, 우린 축제를 할 거야! 너무 재밌을 거 같지 않아?"

미소가 흥분해서 말했다.

"재밌는 상상을 하는 건 좋아. 새 친구를 사귀는 것도 좋고. 근데 상상한 걸 실제로 하는 건 완전히 다른 일이야. 난 네가 위험한 일은 안 했으면 좋겠어. 이 계획은 너만이 아니라 다른 가족들도 위험하게 만들 수 있는 일이야. 무슨 말인줄 알지? 상상으로 끝내. 상상하는 것만으로도 재밌잖아. 그치?"

새는 더 말할 가치가 없다는 듯 스크린에 펼쳐진 미소와 팅커벨의 계획을 치웠다. 미소의 마음은 실망으로 구겨졌다.

"상상하는 것만으로도 재밌다고? 아니, 난 진짜로 이걸 하고 싶은 거야. 맨날 방 안에 갇혀서 스크린 속에 있는 사람들만 만나는 게 아니라 진짜 사람들을 만나보고 싶다고. 인생에서 단 한 번이라도."

"나중에 하면 되잖아. 네 집 생기면 그때 해. 사람들 잔뜩 불러서 파티를 하든 말든 나중에 하라고."

"나중에 언제? 벌레폭풍이 또 오면? 예전에 왔던 것보다 더 큰 벌레폭풍이 오면? 그럼 난 평생 이 집에 갇혀 살아야 하잖아."

"이 집이 그렇게 답답하면 나가든지! 네가 이 집에 사는 이상은 보호자 말을 존중해야 돼. 이제 이 이야기 그만하자. 나 정말로 화나려고 해."

새가 등을 돌리고 자기 방으로 들어가 문을 닫았다. 미소는 나머지 세 보호자들을 봤다. 하지만 지금 입을 열어 말할 수 있는 사람은 없었다. 여기서 둘 중 하나의 편을 든다면 집 안에 싸늘한 전쟁이 일어날 것이다.

미소도 자기 방으로 들어갔다. 이불을 덮자마자 눈물이 흘렀다.

'난 평생 이 집에 갇혀서 보호자들 말고는 진짜 사람 한 번 못 만나보고 죽을 거야. 차라리 이 집에 안 오는 게 나았어.'

팅커벨의 동생들이 떠올랐다.

'걘 나 같은 기분 모르겠지. 외로울 틈이 없을 거야.'

그렇게 생각하니 그 애도 미워졌다.


미소는 한참 울다가 지쳐서 잠이 들었다. 아침이 되자 마음이 한결 편안했다. 푹 자고 일어났더니 컨디션이 좋았다. 어젯밤에 몇 시간이나 울며 비관적인 생각에 빠졌던 것이 바보 같아서 웃음까지 났다.

"어젠 왜 그랬지?"

미소는 혼자 중얼거렸다. 그래도 새의 반대에 부딪힌 건 문제다. 아무래도 팅커벨과 이야기를 좀 해봐야 할 것 같았다.

그날 하루는 평소처럼 보냈다. 학교에 접속해서 수업을 듣고, 친구들과 놀고(애들에게는 파티 계획을 아직 말하지 않았다. 진짜로 파티를 열기 전까지는 말을 아끼고 싶었다), 숙제도 하고, 팅커벨을 기다리며 게임도 했다.

팅커벨은 정각 아홉 시 반에 노크를 보냈다.

"안녕."

팅커벨은 오늘도 활기찬 모습이었다.

"안녕."

"기분이 좋아 보이네?"

"기분 좋을 일은 없는데 기운을 내려고. 어제 보호자들한테 파티 이야기를 했는데 반응이 안 좋았거든."

"파티 해도 되는지 허락 맡으려고 한 거야?"

"우리 집 앞에서 해도 되는지 물어봤어. 우리 집 주변에 다른 집들이 없거든. 완전 넓은 황무지야. 5000명도 올 수 있을걸? 5000명이 뭐야. 만 명도 오지."

"와, 그렇게 넓은 땅이 있다고? 멋지다!"

"그럼 뭐 해. 내 땅이 아니니까 허락을 받아야지."

두 사람은 근심에 차서 잠시 말이 없었다. 계획을 세우는 일에도 시들해졌다. 집 앞의 넓은 땅이 이렇게 아깝게 느껴진 적은 처음이었다. 그렇게 좋은 장소가 있는데 쓸 수 없다니.

그때 노크 소리가 들렸다. 이번에는 스크린 윈도우가 아니라 진짜 문에서 난 소리였다.

"누구세요?"

미소가 문으로 다가가 물었다.

"나야. 들어가도 돼?"

문을 열자 눈알이 들어왔다. 팅커벨과 눈알의 눈이 마주쳤다.


o
∞
o

"안녕하세요."

팅커벨이 먼저 인사했다. 팅커벨의 활기는 단숨에 사람을 사로잡는 힘이 있었다. 눈알도 그 활기에 좋은 인상을 받은 게 분명했다.

"안녕."

눈알이 기분 좋게 인사했다.

"나중에 다시 올까? 내가 방해한 거 아니야?"

"아니에요. 말씀은 많이 들었는데 이렇게 만나뵈어서 좋아요."

눈알이 팅커벨의 말을 듣고 웃었다.

"나도 좋다. 미소가 널 아주 좋아해. 미소랑 친하게 지내줘서 고마워."

"별 말씀을요. 저도 미소가 너무 좋아요."

미소와 팅커벨은 서로를 보며 웃었다.

"그래, 파티를 하고 싶다고?"

"네! 세상의 모든 열두 살들을 모아서요."

"나도 너희가 짠 계획을 봤는데 재밌겠더라. 꼼꼼하게 잘 짰던데?"

"그쵸? 진짜 재밌을 거예요. 장소가 없어서 문제죠."

팅커벨이 한숨을 쉬었다. 미소는 눈알을 봤다.

"우리 집 앞에서 하면 딱인데. 정말 안 될까?"

"나 혼자 결정할 수는 없는 거니까. 우리가 다 만장일치가 되어야지. 너도 알겠지만 간단한 일은 아니잖아. 친구는 허락을 받은 거야?"

눈알이 미소와 팅커벨을 번갈아 봤다.

"전 아직 말씀 안 드렸는데 이야기를 해볼까요?"

"그러는 게 좋을 것 같아. 다 같이 모여서 이야기해봐도 좋고."

"그럼 지금 모셔올게요!"

팅커벨이 당장이라도 나갈 기세로 말했다.

"아니, 아니. 중요한 일인데 서두르지 말자. 우선은 친구도 보호자 분께 말씀을 드리고 우리도 이야기를 해볼게. 다 괜찮다고 하면 시간을 정해서 모이면 좋겠어. 그렇게 하는 거 괜찮을까?"

"좋아요."

팅커벨이 씩 웃었고, 미소도 고개를 끄덕였다.

"그럼 난 이만 나갈게. 둘이 하던 이야기 계속해."

"저도 이제 가야 돼요. 정해진 시간이 다 돼서."

"그래, 그럼 또 보자."

"네, 다음에 뵈어요."

팅커벨이 인사를 하고 나갔다.

"좋은 애 같아."

눈알이 말했다.

"좋은 애야. 예의도 바르고."

미소는 그렇게 말하며 웃음을 꾹 참았다. 사실은 팅커벨이 눈알 앞에서 예의를 차리는 게 우스웠던 것이다.

"예의가 바른 것도 좋지만 난 그보다 밝아서 좋네."

"응, 나보다 훨씬 밝아. 저런 애는 처음 봤어."

미소가 신나서 말했다.

"눈알은 찬성인 거지?"

이 질문은 조심스러웠다. 보호자 중 한 명이라도 찬성해준 다면 일이 더 수월할 것 같았다.

"그건 나중에 얘기하자. 다들 모인 다음에. 내가 가족 메시지 창에 글을 올릴게."

"내가 할게. 내 일이잖아."

미소의 말에 눈알이 미소 지었다.

"그래, 그럼."


다음 날 저녁 여덟 시에 일곱 사람이 모였다. 미소와 네 보호자 그리고 팅커벨과 팅커벨의 보호자였다.

"저희 원장 선생님이세요."

팅커벨이 자신의 보호자를 소개했다.

"안녕하세요."

팅커벨의 보호자가 인사했다. 빵과 비슷한 나이로 보이는 아주 인상이 좋은 사람이었다. 네 명의 보호자도 팅커벨의 보호자에게 차례로 인사를 했다.

"미소가 하도 졸라서 이런 자리를 마련하기는 했는데, 전 사실 걱정스러워요. 너무 위험한 일이잖아요."

새가 팅커벨의 보호자에게 동의를 구하듯 말했다.

"저는 괜찮을 것 같은데요."

팅커벨의 보호자가 말했다. 시원스럽고 분명한 목소리였다.

"저희는 한 달에 한 번 마당에 모여서 생일 파티를 해요. 보호구만 잘 입으면 생각보다 그렇게 위험하지 않아요. 애들도 건물 안에서만 지내는 것보다는 한번씩 햇볕도 쬐고 밖에서 뛰어노는 게 좋고요."

"보통 몇 명 정도가 모여요?"

빵이 물었다.

"저희 시설에 아이들이 50명쯤 있어요. 그 애들이 다 모여요."

"벌레에 쏘인 적은 없어요?"

이번에는 손톱이 물었다.

"지금까진 한 번도 없었어요. 예보를 보고 벌레가 없는 날을 골라서 하기도 하고, 벌레 몇 마리쯤은 제가 잡을 수 있거든요."

팅커벨의 보호자가 자신감 있는 말투로 말했다.

"벌레를 잡는다고요?"

눈알이 유쾌하게 물으며 웃었다.

"네, 제가 그쪽으로는 꽤 솜씨가 좋아요."

"무엇으로 잡죠?"

"벌레 잡는 총으로요."

"그런 건 처음 들어보는데요."

"나중에 알려드릴게요. 집에서도 만들 수 있어요."

그 말을 들은 눈알이 스크린에서 고개를 돌려 다른 보호자들을 봤다.

"벌레 잡는 총이 있으면 무방비로 쏘이진 않겠네. 스프레이는 많이 봤지만 총은 처음 들었어. 총에 보호구까지 입으면 훨씬 낫겠는데?"

그러나 새의 표정은 여전히 걱정에 차 있었다.

"총이 있으면 더 위험한 거 아닌가요? 사람이 맞을 수도 있고."

"사람은 맞아도 별 해가 없어요. 보호구를 입고 있으면 더더욱 안전하죠."

팅커벨의 보호자가 말했다. 왠지 신뢰감을 주는 사람이었다.

"난 찬성이야. 재밌을 것 같아. 축제에 가본 지 너무 오래됐잖아. 그런데 우리 집 앞에서 축제를 연다니. 사실 나는 처음 계획을 봤을 때부터 흥분됐어!"

손톱이 신나서 말했다. 손톱은 스페이스에서도 매일 파티에 다니는데 그걸로도 부족한 모양이었다. 손톱은 정말 파티광이다.

"나도 찬성. 그리고 모여봐야 얼마나 모이겠어. 다들 잘 안 모이려는 분위기잖아. 게다가 열두 살들을 부른다니. 보호자들이 보내려고 하겠어? 우리끼리 파티하는 거지 뭐. 미소, 태어나서 친구들이랑 만나서 생일 파티 해본 적 한 번도 없지?

빵이 그렇게 물으며 미소를 봤다. 따뜻한 눈빛이었다. 빵은 누구에게나 항상 따뜻하고 다정하다.

"없지. 한 번도."

미소가 얼른 대답하고 새를 봤다. 이제 모두의 시선이 새에게 쏠렸다.

"반대표 하나 정도는 있어야 하지 않을까? 난 찬성 못 하겠어. 하지만 다들 하고 싶다면 해. 미소가 친구들하고 파티하고 싶은 마음은 나도 이해가 가. 다만 좀 신중했으면 하는 거지."

새의 의견은 미적지근했지만 미소에게는 그걸로 충분했다. 새가 한발 양보한 것이다. 일곱 사람의 만남은 좋은 분위기로 끝났다. 보호자들은 예의를 지켰고, 미소와 팅커벨은 너무 들떠서 할 수만 있었다면 손을 맞잡고 제자리에서 방방 뛰었을 것이다.


그 뒤로는 일사천리로 진행됐다. 알고 보니 눈알은 시에서 여는 축제의 감독을 맡은 적이 여러 번 있었다. 경험 많은 전직 축제 감독과 파티광, 축제나 파티를 해본 적은 별로 없지만 성실하다는 장점이 있는 일꾼이 미소와 팅커벨의 축제 준비를 도왔다. 그러나 축제 초대장은 미소와 팅커벨 단둘이서만 만들었다. 팅커벨이 글 쓰는 일은 부담스러워 해서 초대장에 들어갈 말은 함께 생각하되 글로 정리하는 건 미소가 맡기로 했다.

미소는 열흘 넘게 초대장에 들어갈 글을 쓰는 일에 매달렸다. 그 일에 너무 푹 빠진 나머지 수업에도 건성이고 숙제도 깜빡해서 새가 경고를 주기도 했다.

"수업 하나라도 빼먹거나 숙제 안 하면 파티도 없어."

미소는 새가 너무 엄격하다고 생각했지만 파티를 하려면 어쩔 수 없었다. 그래도 기분이 가라앉지는 않았다. 매일이 흥분의 연속이었다. 드디어 초대장에 들어갈 글이 완성된 날, 두 사람은 초대장 아래에 각자의 서명을 했다. 그 애가 먼저 팅커벨이라는 이름으로 서명을 하고 미소를 봤다. 미소는 팅커벨의 이름 옆에 자신의 서명을 했다.

"웬디?"

팅커벨이 물었다.

"네가 팅커벨이니까 난 당연히 웬디지."

둘은 마주 보며 미소 지었다.

팅커벨이 정해진 시간이 다 되어서 나간 후, 미소는 보호자들을 공용 공간으로 불러 초대장 전문을 낭독했다.

**‖**

**스크린 윈도우 밖으로 나와 우리의 생일을 함께 축하합시다.**
**우리의 열두 번째 생일을.**

안녕하세요. 처음으로 파티 초대장을 쓰려니 떨리네요. 이 일은
제가 스페이스로 글 하나를 날려 보내면서 시작됐습니다. 제가
세 살 때 커다란 벌레폭풍이 왔어요. 저랑 같은 나이라면 다들
아시는 일이겠죠. 같은 나이가 아니라도 아시겠지만요. 커다란
벌레폭풍은 지나갔지만 그 뒤로도 한 번씩 벌레폭풍이 오고, 벌
레폭풍이 없을 때도 항상 벌레들이 있어서 우리는 바깥에 자유
롭게 나가지 못합니다.

저는 이런 생활이 너무 답답하고 심심하다는 불평을 써서 스페
이스로 날려 보냈고, 한 친구가 그 글을 보고 절 찾아왔어요. 지
금은 그 친구 옆에서 이 글을 쓰고 있습니다. 물론 친구는 스크
린 속에 있죠. 저희는 매일 집에 갇혀 지내는 생활이 지긋지긋해
서 대규모 생일 파티를 계획했어요.

올해로 열두 살을 맞이한 여러분들은 어떤 나날을 보내고 계신
가요? 물론 학교 시스템이나 스페이스의 커뮤니티들에서도 사
람을 만나고 친구들을 사귀어서 놀 수 있습니다. 하지만 가끔은
세상에 저 혼자만 있는 기분이 들어요. 지금은 너무 사랑하는 저

의 보호자들이 있지만 아주 많은 시간이 흐른 뒤에 보호자들도 제 곁을 떠나면 저는 완전히 혼자가 되겠죠. 만약에 스크린 윈도우에 문제가 생기거나 벌레폭풍이 세상을 새까맣게 뒤덮으면 저는 어떻게 될까요? 바보 같지만 그런 상상을 하며 불안해하기도 합니다.

그런데 만약 파티를 열어서 모두가 한번 모인다면 어떨까요? 한 번이라도 진짜 여러분을 만나면 세상에 나 혼자밖에 없다고 생각했던 게 착각이었다는 걸 알 수 있을 것 같아요. 스크린 너머에 있는 사람들, 스페이스에서 만나는 사람들이 가상 인물이 아니라 나처럼 진짜로 존재하는 사람들이라는 것을요. 그리고 진짜 친구도 몇 명 사귈 수 있겠죠. 모두가 다 친해진다면 더 좋겠지만요.

열두 살을 맞이한 사람은 누구나 파티에 올 자격이 있습니다. (사랑하는 사람들을 데려와도 환영!)

자세한 안내는 아래에 첨부합니다. 날짜와 시간, 장소, 주의해야 할 점 같은 거요. 모쪼록 오셔서 함께 즐거운 파티를 하면 좋겠습니다. 감사합니다.

‖

미소는 글 아래에 넣은 안내 사항들까지 다 읽었다. 낭독을 마치자 보호자들이 열렬한 박수를 보냈다. 새는 박수를 치지는 않았지만 웃는 얼굴로 미소에게 다가와 말했다.

"네가 이렇게 큰 줄 몰랐어."

굉장히 당황스럽게도 새는 그렇게 말한 직후에 울음을 터뜨렸다. 나머지 세 보호자들은 그런 새를 보며 웃었지만 다들 눈에 눈물이 고여 글썽거리기는 마찬가지였다. 그중에 울지 않는 사람은 미소밖에 없었다. 하여간 어른들은 아이들보다 눈물이 많다.

지금 미소가 느끼는 것은 커다란 기쁨뿐이었다. 곧 그 애를 만난다고 생각하니 벅찼다. 그 애를 만나면 달려가서 끌어안아버릴 거다. 그럼 세상을 다 얻은 기분이 들 거다. 두 사람의 첫 만남은 거기서부터 다시 시작될 것이다.

세상의 모든 열두 살들이 모인 인파 속에서.

## 언젠가 다시 열릴 축제에서

소설에는 외롭고 슬픈 주인공이 등장할 때가 많다. 모두 잘 사는 것 같은 세상에서 나 혼자 외롭고 슬픈 것 같을 때 책에서 꼭 나와 같은 감정을 느끼는 인물을 만나면 이상하게 위안이 된다.

그런데 많은 소설이 외로움이나 슬픔에서 시작해서 기쁨으로 끝나기도 한다. 그건 소설을 쓰는 작가들이 독자가 외롭거나 슬픈 순간에 책을 펼쳐서 주인공과 함께 긴 여정을 함께하다가 끝에서는 함께 기뻐지기를 바라서가 아닐까?

나는 그렇다. 자주 찬란한 기쁨에서 이야기를 끝맺게 된다. 독자를 위로하기 위해 억지로 지어내는 기쁨은 아니다. 소설을 쓰면서 주인공과 이런저런 일을 겪다 보면, 나중에는 나보다 용감한 주인공이 어려움을 훌쩍 뛰어넘어 기쁨을 손에 넣는 순간에 도달한다. 그런 순간에 나는 주인공과 함께 기쁨에 차서 때로는 눈물까지 글썽이며 해피엔딩으로 이야기를 마친다.

〈웬디와 팅커벨〉은 '벌레폭풍' 연작 친구 편의 마지막 단편이다. 지난해 출간된 〈생일 축하해!〉(《인어의 걸음마》)에서 시작된 소설이기도 하다. 벌레폭풍 때문에 바깥에 나가지 못하고 집 안에서만 시간을 보내던 한 아이가 너무 지루하고 심심한 나머지 전 세계에 파티 초대장을 보낸다는 구상이었다.

전 세계에 초대장을 보내 모든 열두 살들을 위한 파티를 연다니. 그런 엄청난 일이 가능할까? 이야기의 시작에서 나는 주인공이 과연 그런 일을 해낼 수 있을지 불안했다. 그러나 주인공은 결국 멋지게 그 일을 해냈다. 웬디와 팅커벨이 서로를 만나는 순간을 떠올리니 나도 주인공과 함께 기쁨으로 차올랐다.

주인공이 축제 초대장에 쓴 "올해로 열두 살을 맞이한 여러분들은 어떤 나날을 보내고 계신가요?"라는 말은 사실 내가 세상을 향해 묻고 싶었던 질문이다. 꼭 열두 살만이 아니라 모두에게 "지금 세상의 여러분들은 어떤 나날을 보내고 계신가요?" 하고 안부를 묻고 싶었다.

여러분, 잘 지내고 계신가요? 언젠가 다시 열릴 축제에서 만나요.

미래를 약속하는 편지를 세상에 띄우는 마음으로 〈웬디와 팅커벨〉을 썼다.

사
랑

박서련

엄마만큼 좋아해

## 월요일

"이모, 약속한 거 꼭 지켜야 돼."

주비의 말에 이모는 응, 그래 대답하며 오징어 쪼가리를 집었다. 이모의 목소리에는 마른 오징어만큼이나 찰기가 없었지만 주비는 신이 나서 이모 옆으로 달려가 앉았다.

"나 꼭 머리 땋아줘야 돼."

알았다니까. 그렇게 대꾸하면서도 이모는, 텔레비전에 정신이 팔려 주비에게 눈길 한 번 주지 않았다. 그래도 그쯤에 기죽을 주비가 아니었다.

"반반 이렇게 갈라서 해줘야 돼. 알겠죠?"

텔레비전에서는 이모랑 비슷한 또래의 어떤 아줌마가 또다른 아줌마한테 소리를 지른 다음에 뺨을 얻어맞고 있었다.

그걸 보면서도 주비는 신이 났다. 텔레비전에서 어른들끼리 서로 째려보고 소리 지르는 내용이 나오는 건 자야 할 시간이 지났다는 뜻인데, 어차피 잠이 안 올 것 같아서. 이모가 머리를 빗겨줄 걸 상상하면 가슴이 너무 두근거려서 누웠다가도 벌떡 일어나게 되었다.

이모 옆에 계속 있어야지. 이모가 아침에 까먹을 수도 있으니까 계속계속 졸라야지.

주비는 무릎을 껴안고 앞뒤로 몸을 굴리다가 균형을 잃고 이모 옆구리에 부딪쳤다.

"주비야, 이모 맥주 흘렸잖아."

"미안해!"

혹시나 이모가 기분 나빠서 머리를 안 땋아주면 어떡하지? 주비는 잽싸게 일어나 화장실 문고리에 걸려 있던 갈색 수건을 가져왔다.

"주비야, 그걸로는…… 에휴 아니다. 어차피 빨 거지?"

이모는 주비한테 말한 것인지 혼잣말을 한 것인지 헷갈리게 중얼거리고는 갈색 수건으로 상과 바지를 닦았다.

"이모."

"왜?"

"이모."

"왜."

이모오, 이모오. 주비와 이모는 공을 던지고 받듯 몇 번 더 그렇게 부르고 대답했다. 결국 이모가 화를 낼 때까지.

"신주비!"

"왜?"

이모는 텔레비전에 나오는 아줌마처럼 꽥 소리를 질렀다. 주비는 이모랑 역할이 바뀐 게 재미있어서 웃음을 참으며 대답했다. 한껏 인상을 쓰고 있던 이모는 고개를 절레절레 젓더니 목소리를 조금 낮추어 다시 말했다.

"신주비, 이제 가서 자."

"이모도 자야지."

"이모는 어른이라 좀 늦게 자도 괜찮아."

"그런 게 어딨어?"

"너 빨리 안 자면 머리 안 묶어준다."

치사하게 이미 약속한 걸로 그러다니. 주비는 일부러 찰딱찰딱 소리가 나게 바닥에 발을 구르며 걸어서 방으로 들어갔다. 화가 났다는 걸 이모에게 알려주고 싶었다. 어른이면 늦게 자도 된다는 법이 어디 있어. 어차피 텔레비전 틀어놓고 휴대폰만 보고 있으면서.

"신주비 너 어디 어른 앞에서 문을 쾅쾅 달아!"

이모의 화난 목소리가 문을 건너 들어왔다. 참나, 자기는 엄마 자는데 막 소리도 지르면서. 이모는 정말 자기밖에 몰라. 아니, 어른들은 다 그래. 주비는 팔을 쭉 뻗어 불을 끄고 자리에 벌렁 드러누웠다. 씩씩 숨을 몰아쉬자 이불이 주비의 어깨를 따라 들썩거렸다.

주비는 한참 동안 잠이 안 와서 오른쪽으로 돌아누웠다 왼쪽으로 돌아누웠다 다리 사이에 한껏 이불을 구겨넣었다 똑바로 누워서 몸에 이불을 둘둘 감았다 했는데, 그러기도 지쳐서 눈이 감기기 시작할 무렵까지도 이모는 방으로 들어오지 않았다.

머리 땋아주기가 싫어서 저러나?

양갈래로 땋은 머리가 유치하고 촌스럽다는 건 주비도 안다. 주비뿐 아니라 어린이집에 다니는 다른 애들도 다 그렇게 생각할 것이다. 내가 뭐 네 살짜리인가? 가르마를 양쪽으로 똑같이 갈라서 쫑쫑 땋는, 그런 아기 같은 머리 스타일이 진짜로 예쁜 줄 알게.

어떤 스타일이 예쁘고 어떤 스타일이 별로인지는 여섯 살만 되어도 다 안다는 걸 어른들은, 특히 주비네 엄마는 몰라도 한참 몰랐다. 주비네 엄마만 그런 게 아니라는 것은 주비랑 같은 어린이집에 다니는 여자애들의 머리 스타일을 보면 알 수 있었다. 하루에 두세 명씩은 꼭 머리를 양갈래로 땋고 왔으니까. 머리를 꼼꼼하게 묶으면 시간도 오래 걸리고 이마도 땡겨서 아픈데. 게다가 양쪽으로 나눠서 하면 시간이 두 배로 드는데.

그래서 주비는 사실 속으로는 양갈래 머리를 싫어했다. 그런데, 그러면서도 주비는 왜 이모한테 머리를 땋아달라고 졸랐을까? 안 예쁘고, 촌스럽고, 시간도 오래 걸리는 주제에 아프기까지 한 머리 스타일을 왜 꼭.

그것은 주비가 비밀을 알았기 때문이다. 그 비밀은 아주 중요한 거여서 이모한테는 말해줄 수 없었다. 아직은 엄마한테도 말하지 못한 비밀이니까. 아무리 엄마라 해도, 알려달라고 간절히 부탁하고 비밀로 하겠다고 꼭꼭 약속한 다음에나 말해줄 수 있을까 말까 했다. 그렇게나 중요한 비밀이기도 하지만, 말하기가 부끄럽기도 하기 때문이다.


## 화요일

머리 땋아야 돼.

거짓말 하나도 안 하고 주비는 눈을 뜨자마자 그 생각부터 했다. 잠을 잔 게 아니라 잠깐 눈을 감고 있었다가 뜬 것처럼 가뿐했는데 아침이었다. 알람시계에는 딱딱하고 각진 모양으로 06:10이라는 숫자가 떠 있었다.

주비는 서랍을 열어 하얀 레이스 원피스와 하얀 타이즈를 꺼냈다. 여기다가 저번에 백화점에서 산 분홍색 구두를 신으면 완전히 웨딩드레스 같겠지. 어차피 어린이집 들어가면 신발은 벗어야 되지만. 이제 이모만 깨우면 준비 끝.

"이모. 이모."

언제 들어온 것인지 이모는 주비가 누워 있던 자리 바로 옆에 뻗어 있었다. 온 팔다리를 쭉 펼치고, 왼팔만 접어서 가슴팍에 얹은 채 코를 도롱도롱 골고 잤다. 주비가 어깨를 흔들며 부르자 이모는 코골이를 멈추고 왼손을 바닥에 툭 떨어뜨리더니 눈도 뜨지 않고 대답했다.

"쉬 싸고 와."

"알았어!"

주비는 잽싸게 화장실로 달려가 욕실 의자를 밟고 변기에 올라앉았다. 분명 머리는 맑은데 아직 잠이 덜 깬 것인지, 엉덩이를 너무 깊이 밀어넣어 변기에 쑥 빠질 뻔했다.

"쉬했어!"

주비가 돌아와 외치자, 이모는 눈을 감은 채 눈썹 사이를 일그러뜨리며 고개를 주비 반대편으로 돌렸다. 기분이 안 좋은 고양이처럼 낮고 그르르 울리는 소리로 이모가 말했다.

"주비 너 머리 혼자 감을 줄 알던가?"

"아니."

아오…… 하면서 이모는 다시 주비를 향해 돌아눕더니 마침내 눈을 떴다. 잔뜩 붓고 하얗게 질린 얼굴을 한껏 찌푸린 채였다.

"그럼 엄마는 어떻게 했어?"

"가게 나갔다가 다시 와서 나 어린이집에 데려다줬어."

"아침에 머리 감겨주고?"

"아침에 감기도 하고 밤에 감기도 하고 안 감기도 했어."

"알았다, 알았어."

이모는 길게 한숨을 내쉬고 몸을 일으켰다. 하늘을 찌를 듯이 양팔을 높이 쭉 뻗더니, 주비 주먹이 들어가도 모를 만큼 입을 쩍 벌리고 하품을 했다.

"가서 물 좀 틀어봐, 따뜻한 물 나오게."

"알았어!"

주비는 화장실을 향해 바람이 일어나도록 달려갔다. 드디어. 드디어 이모가 머리 묶어주려나 봐. 주비는 기분이 너무 좋아서 하품하던 이모 못지않게 입을 벌리며 웃었다. 어쨌든 이모는, 주비가 아는 어른 중에서 머리를 제일 잘 땋는 사람이었다.

기껏 양갈래로 빗어놓은 머리를 풀어달라고 떼를 쓰던 때가 주비에게도 있었다. 엄마는 주비가 그럴 때마다 당황하기도 하고 화를 내기도 했다. 누구 닮아서 이렇게 별나니, 응? 누구 닮아서 이렇게 고집이 센 거야.

닮긴 누구를 닮아, 엄마를 닮았겠지. 거울에 나란히 비친 엄마가 울상을 지으며 타박하면 주비는 그렇게 생각하곤 했다.

어쨌든 그건 어디까지나 옛날 일일 뿐이다. 조금 바보 같고 아기 같을지라도 양갈래 머리를 꼭 해야 할 이유가 생겼으니까. 그 이유는 아직은 비밀이지만 말이다.

그러니까 주비에게는, 주비네 집에 이모가 놀러오는 것이 엄청난 행운이었다. 이모는 휴대폰으로 머리 땋는 영상을 틀어놓고 그걸 따라 주비의 머리를 빗어주는데, 내심 양갈래 머리를 싫어하는 주비가 봤을 때도 이모가 해준 머리는 정말 예쁘고 세련되었으니까. 주비랑 잘 놀아주지 않고 맨날 휴대폰만 보는 이모를 그래도 좋아할 수밖에 없는 이유는 그래서였다.

그러니 어저께 들은 새로운 소식이 주비를 얼마나 기쁘게 했는지도 다 말할 필요가 없을 것이다. 전에는 어쩌다 한 번 얼굴을 까먹을 때쯤에나 주비네 집에 놀러오곤 하던 이모가, 이제는 일주일에 한두 번씩은 꼭 주비를 보러 오기로 한 것이었다. 엄마가 너무 바빠져서 주비를 어린이집에 데려다주는 게 힘들어졌기 때문에.

물론 주비는 엄마를 좋아하고, 이모랑 엄마 중에 누가 더 좋냐 하면 셋을 세기도 전에 엄마를 외칠 테지만, 엄마가 바빠진 건 참 잘된 일이라고 생각했다.

"어머, 주비 오늘은 이모랑 왔구나. 이모님 맞으시지요?"

"네, 안녕하세요? 당분간은 자주 인사드리게 될 것 같아요."

이모와 어린이집 선생님이 인사를 주고받을 동안 주비는

양손을 허리에 얹고 삐딱하게 서 있었다.

"주비, 어디 아프니? 아침부터 기분이 안 좋아 보이네."

"아픈 데는 없어요, 머리 안 땋아줬다고 저래요."

"어머, 주비도 참."

어른들은 꽤나 재미있는 얘기라도 주고받은 듯이 웃었다. 주비는 이모를 돌아보지도 않고 신발을 휘딱휘딱 벗어던진 다음 안으로 달려 들어갔다. 평소 신던 운동화라서 그래도 됐다. 이모는 머리도 안 땋아줬으면서 신발까지 마음대로 못 신게 했다.

"야 신주비, 너 이모한테 인사도 안 하고."

"제가 잘 타일러볼게요."

뒤에서 어른들이 목소리를 높이고 낮춰가며 주고받은 이야기는 주비의 귀에도 다 들렸다. 뭐야, 이모는. 꼭 내가 나쁜 사람인 것처럼 말하고. 약속 안 지킨 건 이모잖아, 이모가 나를 속였으면서. 눈물이 핑 돌았지만 울면 지는 것 같아서 주비는 참았다.

참아야 하고말고. 다섯 살짜리도 아니잖아.

살짝 고인 눈물을 팔로 슥슥 닦았더니 눈이 따가웠다. 모처럼 입은 레이스 원피스 소매가 눈꺼풀을 할퀸 것이었다.

"주비야. 오늘 엄청 예쁘다."

시아였다. 주비는 풀죽은 목소리로 발끝을 내려다보며 대답했다.

"안 예뻐. 머리 봐봐."

"공주님 같아, 로즈 공주. 왕관만 있으면."

타이즈 속에서 꼼지락대는 발가락만 쳐다보던 주비는 그제야 고개를 들었다.

"정말이야?"

로즈 공주는 어린이집 아이들은 다 아는 애니메이션에 나오는 주인공이었다. 다 같이 역할 놀이를 하면 여자아이들은 모두 로즈 공주 역할을 맡고 싶어했다.

"응. 다른 애들은 어떻게 생각할지 모르겠지만……."

그럼 그렇지. 시아 눈에만 예뻐 보인다는 거겠지. 그게 뭐가 중요하다고. 주비는 흥 하고 콧방귀를 뀌었지만, 시아는 방금 전 주비가 그랬듯 고개를 푹 숙이고 작게 속삭이듯이 말했다.

"난 주비가 로즈 공주보다 예쁘다고 생각해."

"뭐라구?"

"아무것도 아니야."

두 볼을 발그레하게 붉히며 고개를 든 시아는, 시아야말로 예뻤다. 주비가 보기에는 그랬다. 또렷한 쌍꺼풀과 빼곡한 속눈썹이 레이스처럼 눈을 장식하고 있었고 얼굴이 하얘서 그 커다랗고 까만 눈과 작고 빨간 입술이 톡톡 두드러졌다. 어른들도 주비가 안녕하세요 하면 아이고 인사 잘하네, 하고 시아가 안녕하세요 하면 어머 예뻐라! 했다. 예쁜 건 놀랄 일이라는 걸 주비는 시아 덕에 알게 됐다. 하지만 시아가 예쁘다는 사실은 누가 가르쳐주지 않아도 알 수 있었다. 놀라지도 않고 말이다.

그래서 사실은 시아야말로 꾸미지 않아도 로즈 공주 같다고 주비는 생각했지만, 말은 안 했다.

"신주비 똥 머리 했다."

어느샌가 다가온 오영명이 갑자기 큰 소리로 외쳤다. 아이들이 전부 주비를 쳐다보았다.

"오영명 너 죽을래?"

질 수 없다는 듯 호통을 치긴 했지만, 안 그래도 머리 때문에 자신감이 떨어진 주비는 울상을 지었다. 이모가 머리를 양갈래로 땋지 않고 머리 위로 쫑쫑 싸매놔서 오늘 계획을 다 망치게 생겼는데, 오영명 같은 게 놀리기까지 하니 자존심이 상해 참을 수 없었다. 하지만 뭐라고 해야 하지? 분해서 오히려 말문이 막힌 주비를 대신해 시아가 나섰다.

"이게 무슨 똥 머리야. 당고 머리지."

"우리 엄마는 똥 머리라고 하거든?"

"우리 엄마는 당고 머리라고 하거든."

"당고가 뭔데?"

"몰라."

티격태격 말싸움을 주고받는 시아와 오영명을 둘러싸고 아이들이 몰려들었다. 여자아이들은 시아와 주비 편, 남자아이들은 오영명 편이었다.

"그럴 줄 알았어. 말 지어내지 마라, 장시아."

"지어낸 거 아니거든? 그럼 너네 엄마는 머리 똥 하고 다니고 우리 엄마는 머리 당고 하고 다니는 거라고 쳐."

뭐, 우리 엄마 머리 똥? 오영명 얼굴이 확 빨개졌다. 누가 봐도 시아가 오영명을 한 방 먹인 상황이었다. 당고가 뭔지는 아무도 몰라도, 똥이 뭔지 모르는 애는 하나도 없으니까. 시아 편이든 오영명 편이든 아이들은 다 같이 웃음을 터뜨렸다. 오영명네 엄마는 머리에 똥 있대요. 구경하던 아이들이 노래하듯 오영명을 놀려댔다.

"우리 엄마가 아니고 신주비 머리에 똥 있다고!"

씩씩거리던 오영명이 시아에게 달려드려는 순간, 선생님이 들어왔다. 오영명은 주먹 쥔 양손을 주비와 시아에게 보여주며 자기 자리로 돌아갔다. 시아도 질세라 오영명을 째려보더니 주비에게 속삭였다.

"오영명 쟤 너 좋아하나 봐."

뭐? 하고 주비는 살벌하게 인상을 썼다. 시아는 살짝 놀란 듯하더니 재빨리 덧붙였다.

"엄마가 그러는데 남자들은 좋아하는 사람을 막 괴롭힌대."

주비도 그런 얘기를 엄마한테서 들은 기억이 났다. 정말 그러면 어떡하지? 걱정이 되어서 이모한테도 물어봤는데 이모는 그렇지 않다고 했다. 좋아하는 사람을 괴롭히는 건 남자라서가 아니라 멍청이라서 그런 거라고. 주비는 이모보다는 엄마를 더 좋아하지만, 그때만큼은 이모 말을 더 믿고 싶었다. 밤이 오빠는 주비를 전혀 괴롭히지 않으니까. 엄마 말대로 괴롭히는 게 좋아하는 증거라면, 밤이 오빠는 왜 주비를 괴롭히지 않는 거냐고.

"그거 아니야."

주비도 시아의 귀에 대고 소곤소곤 말했다.

"그리고 내 생각에는 내가 아니라 시아 너를 좋아하는 것 같아. 오영명 말야."

주비 쪽으로 몸을 기울이고 가만가만 듣고 있던 시아는 얼굴을 한껏 찡그리며 고개를 저었다. 내 생각이 맞을걸? 오영명 쟤는 나한테 시비를 걸면 시아가 내 편을 들어서 둘이 싸우게 되니까 괜히 나한테 그러는 거야.

그렇지만 시아가 찡그리는 것도 주비는 이해할 수 있었다. 주비도 인상부터 썼으니까. 나라도 싫지, 싫고말고. 저런 애가 나를 좋아하다니.

생각만 해도 싫어서 주비는 으 하며 몸서리를 쳤다. 오영명은 시아와 주비를 힐끗 돌아보며 그 짧은 혀를 쭉 내밀더니, 언제 그랬냐는 듯 다시 고개를 돌렸다.


"선생님, 저 상가 갔다 와도 돼요?"

낮잠 시간이었다. 어린이집이 있는 아파트 지하에는 야채를 파는 엄마 가게뿐 아니라 빵집, 옷가게, 슈퍼마켓, 열쇠 도장 가게, 문방구, 미용실 등등 여러 가게들이 있었다. 주비네 어린이집에 다니는 아이들의 엄마아빠는 거의 다 그 상가에 있었다.

"금방 갔다 와서 낮잠 잘 수 있겠어?"

"네."

"선생님이 데려다줄까?"

"아니요."

주비는 힘차게 고개를 저었다. 어린이집이 있는 1층과 상가가 있는 지하 1층 엘리베이터 버튼은 모두 주비가 누를 수 있는 높이에 있었다.

"그럼 주비 어머님께 전화 드려둘게. 다른 데로 가면 안 된다. 알겠지?"

"네!"

주비는 새총으로 쏜 콩알같이 현관으로 달려 나가 신발을 신었다. 신발을 꺾어 신으면 엄마한테 혼나니까 발끝으로 복도를 두드려가며 신발을 단단히 신고 엘리베이터를 탔다.

마침 가게에는 손님이 없었고, 그래서인지 엄마는 안쪽 평상에 앉아 꾸벅꾸벅 졸고 있었다.

"엄마. 엄마."

주비의 목소리에 엄마가 번쩍 눈을 떴다.

"나 머리 다시 묶어줘."

"응?"

"이모가 머리 이렇게 해놨어. 반반으로 다시 묶어줘."

"지금? 빗도 없고 머리끈도 없는데."

주비의 말에 엄마가 손사래를 치던 참에 손님들이 왔다. 한두 명도 아니고 네 명이나 되는 할머니들이었다.

"주비, 엄마 바빠. 내일은 꼭 머리 반반으로 땋아줄게. 오늘은 참아."

"엄마아."

말끝을 길게 늘어뜨리며 엄마를 불러보았지만 엄마는 손님들을 대하느라 주비는 돌아보지도 않았다.

"아, 정말. 엄마까지 왜 이래? 나 너무 속상해."

주비가 울상을 지으며 한 말에 할머니 손님들이 입을 가리며 작은 소리로 깔깔 웃었다. 왜 웃지? 남은 속상해 죽겠는데. 주비는 기분이 너무 나빠서 발을 찰딱찰딱 구르며 가게를 나왔다.

어른들은 다 바보야. 이모도 바보고 엄마도 바보고 할머니들도 바보야. 낮잠 시간이 끝나면 곧 밤이 오빠가 오는데, 왜 아무도 나를 도와주지 않는 거야?

상가로 내려올 때와는 영 딴판으로 어깨를 늘어뜨린 채 엘리베이터에 탄 주비는 정말로 자기가 로즈 공주라면 얼마나 좋을까 상상했다. 변신 마법을 쓸 수 있는 로즈 공주라면,

머리를 땋아달라는 부탁 따위 누구한테도 하지 않아도 될 테니까.

내가 머리를 항상 양갈래로 땋고 다니면 밤이 오빠가 나랑 결혼해주겠지?

낮잠을 자는 시아 곁에 누우면서 주비는 생각했다. 자고 일어나면 마법으로 머리가 바뀌어 있으면 좋겠다는 생각도 했다.

아쉽게도 마법은 일어나지 않아서, 밤이 오빠는 똥 머리를 한 주비를 거들떠도 보지 않았다.


## 수요일

평소에 주비네 엄마아빠는 세 시에서 네 시 사이에 집을 나선다. 엄마 말을 빌리자면, 주비네 집하고 어린이집과 상가가 있는 아파트는 단지 끝에서 끝에 있다. 처음과 끝이 아니라 끝에서 끝이라니. 그게 얼마나 이상한 말인지는 둘째 치고, 아무튼 누군가는 주비를 매일 어린이집으로 데려다주어야 했다.

그래서 엄마는 세 시에서 네 시 사이에 나갔다가 일곱 시쯤 집으로 돌아와 주비를 씻기고 먹이고 입혀서 어린이집에 데려다준 다음 다시 가게에 나가곤 했다. 그런 와중에 머리가 단정하지 않으면 어른들이 주비가 아니라 엄마 흉을 볼 거라며 매일 똑같이 머리를 땋아주었던 것이다.

"싫어, 시아처럼 머리 풀고 다닐래."

"시아는 생머리니까 그렇지. 주비는 숱도 많고 반곱슬머리라 안 묶으면 사자 돼."

"아니야, 사람이 어떻게 사자가 돼!"

"어휴, 애들이 다 시아처럼 머리 풀고 다니면 어린이집 바닥에 머리카락이 드글드글할 텐데. 시아 엄마도 참."

이른 아침마다 그렇게 입씨름을 벌이던 주비가 언젠가부터 돌변했으니 엄마도 황당했을 것이다. 머리를 아무리 당겨 묶어도 고분고분한 데다 머리를 땋아달라고 조르기까지 하고, 일찍 일어나지 못하면 머리를 땋아줄 수 없다고 하자 일찍 자고 일찍 일어나는 습관까지 생겼으니 말이다.

이미 말했듯 그건 주비가 알아낸 중요한 비밀 때문이었고, 그 비밀은 주비가 좋아하는 밤이 오빠와 떼려야 뗄 수 없는 관계가 있었다.

"주비야, 기분 좋아 보여."

시아의 아침 인사에 주비는 씩 웃었다. 좋을 수밖에. 어제는 이모가 마음대로 머리를 망쳐놓았지만, 오늘은 바라던 대로 머리를 양갈래로 땋았는걸. 게다가 어제는 엄마가 머리 못 해줘서 미안하다며 체리 모양 방울이 달린 머리끈까지 두 개나 사 왔다구.

"이거 봐라."

주비는 땋아서 도넛처럼 둥글게 올려 묶은 머리꼭지에 달린 체리를 가리켰다.

"너무 예뻐, 주비야."

"그래?"

아끼던 원피스를 전날 입어버린 바람에 오늘은 엄마가 골라주는 대로 아기들이나 입을 법한 멜빵바지를 입을 수밖에 없었던 건 아쉽지만, 중요한 건 머리였다. 너무 좋아서 가만히 있어도 자꾸 입이 움직여 웃는 모양이 되었다. 주비가 웃으니까 시아는 영문도 모르고 따라 웃었다. 시아한테 비밀을 가르쳐줄까? 시아라면 괜찮을지도.

"시아야, 내가 비밀 얘기해줄까?"

"무슨 비밀?"

"아무한테도 말하면 안 돼."

"당연하지."

시아는 비장한 얼굴로 주먹 쥔 오른손을 내밀더니 끝손가락을 힘주어 펴 보였다. 주비도 끝손가락을 내밀어 시아의 손에 걸었다.

"진짜 비밀이야."

시아의 귀에 입을 갖다 대고서도 주비는 한 번 더 그렇게 말했다. 시아가 고개를 끄덕였다. 주비는 두근두근 뛰는 가슴에 손을 얹고 속삭였다.

"밤이 오빠는……"

밤이 오빠한테 귓속말을 하는 것도 아닌데, 밤이 오빠라고 말하고 보니까 가슴이 너무 세차게 뛰어서 주비는 잠깐 숨을 골랐다. 그렇게도 중요한 비밀인 것이었다. 한 번에 말하기가 벅찰 만큼이나.

"머리를 양갈래로 묶은 사람만 엄마 시켜줘."

시아가 몸을 바로 하더니 미간을 찌푸렸다. 그게 무슨 비밀이야? 그런 표정 같았다.

"진짜 비밀로 해야 돼. 아직 나밖에 모르는 것 같거든."

주비의 신신당부에 고개를 끄덕이면서도 시아는 여전히 미심쩍은 모양이었다.

"소꿉놀이 할 때 말야?"

"응."

"그랬던가?"

"응."

오후에 하는 소꿉놀이에서 밤이 오빠는 언제나 아빠 역할이었고, 엄마가 되려면 머리를 양갈래로 묶어야만 했다.

어제만 해도 그랬다. 주비는 비장의 레이스 원피스를 입고서도 밤이 오빠의 신부로 간택되지 못했다. 왜냐, 머리를 양갈래로 묶지 못했으니까. 머리를 양갈래로 땋은 날에는 아무리 별로인 옷을 입었어도 당당하게 엄마 자리를 차지할 수 있었는데 말이다.

시아가 한 번도 엄마 역할을 한 적이 없다는 사실도 중요한 증거였다. 눈에 띄게 예쁘고 누가 봐도 예쁘고 어린이집에서 제일 예쁜 아이가 시아였는데, 밤이 오빠는 머리를 풀고 다니는 시아를 거들떠보지도 않았다.

이유는 알 수 없지만 밤이 오빠는 머리를 양갈래로 묶은 여자애에게만 엄마 자격이 있다고 생각하는 것이었다.

"주비는 도범이 오빠가 좋아?"

"응, 너무 좋아. 밤이 오빠."

어린이집에 밤이 오빠를 안 좋아하는 여자애도 있을까? 그것까진 생각해본 적 없는 주비였다.

주비가 다니는 어린이집은 사실 정식 어린이집이 아니라 상가에서 일하는 어른들이 아이를 맡기기 좋게 만든 곳이었고 선생님은 단 한 명뿐이었다. 주비는 그런 사정까지는 잘 몰랐지만, 밤이 오빠는 어린이집 선생님의 아들이고 따라서 어린이집은 밤이 오빠네 집이기도 했다. 초등학생인 밤이 오빠가 매일 어린이집에 오는 것은 그래서였다.

여덟 살이나 된 밤이 오빠는 잘생기기도 했지만, 어른스럽고 신사적이었다. 점심이랑 간식이 뭐였는지 광고라도 하듯 앞섶에 묻히고 다니거나 세상 심각한 표정으로 코딱지를 파서 입에 쏙 넣곤 하는 또래 남자애들, 예를 들어 주비와 시아를 괴롭히기나 하는 오영명 같은 애하고는 격이 달랐다. 옷도 늘 단정하게 입었고 어려운 말도 많이 알았다. 키도 다른 남자애들보다 한 뼘은 더 컸다.

"그렇구나."

혹시 시아도?

정말 그러기는 싫었지만, 시아가 밤이 오빠를 넘보지는 않을까 걱정되기 시작했다. 주비에게 시아는 가장 친한 친구이기도 했지만 어린이집에서 제일 예쁜 라이벌이기도 했다. 왜 여태 그 생각을 못 했지? 만약 시아가 밤이 오빠에게 마음이 있다면, 주비가 이기기는 어려울 것 같았다. 시아에게 비밀을 털어놓은 것이 아주 조금 후회가 되었다.

"그럼 내일도 그거 하고 올 거야?"

시아가 주비 머리에 달린 체리 방울을 가리켰다.

"오늘 성공하면."

"꼭 성공했으면 좋겠다."

시아가 양손으로 주먹을 불끈 쥐며 진지하게 말했다. 그런 시아를 보니 주비의 마음에 미안함이 솟았다. 잠깐이나마 시아를 경계한 걸 반성해야 했다. 역시 시아는 내 편이야. 의심해서 미안해, 시아야.

남은 문제는 오늘따라 머리를 양갈래로 묶고 온 애들이 너무 많다는 거였다. 눈에 띄는 것만 해도 다섯 명. 두 명은 종일반이 아니라서 밤이 오빠가 올 무렵이면 집에 갈 테지만, 나머지 세 명은 라이벌이라고 봐야 했다.

그렇지만 오빠는 날 선택할 거야. 오늘은 내 차례라구.

주비가 헛된 꿈을 꾸는 것은 아니었다. 주비가 양갈래 머리를 하고 온 날이면 밤이 오빠는 어김없이 주비를 엄마로 꼽았으니까. 밤이 오빠가 먼저 나를 좋아한 게 아닐까, 주비가 착각하게 될 만큼 자주 엄마 역할을 시켜줬으니까.

시아가 또 불쑥 물었다.

"도범이 오빠, 얼마나 좋아?"

"몰라."

"생각해봐."

시아의 물음에 주비는 턱을 싸쥐고 심각한 고민에 빠져들었다. 내가 오빠를 얼마나 좋아하지? 사탕만큼? 돈까스만큼? 마이멜로디만큼?

어쩌면⋯⋯ 로즈 공주만큼? 아니지, 그보다는 훨씬 더 좋아하는 것 같아.

"엄마만큼."

한동안 마음을 셈하던 주비는 자신 있는 표정으로 말했다.

"그만큼이나?"

놀란 듯한 시아를 보면서 주비는 고개를 끄덕였다. 응, 난 엄마만큼이나 밤이 오빠가 좋아. 밤이 오빠도 그랬으면 좋겠어. 그건 주비가 아무에게도 말한 적 없지만 숨긴 적도 없는 비밀이었다.

## 목요일

"오늘도 이걸로 해줘."

주비는 일어나자마자 베개 옆에 소중히 두고 잤던 체리 방울 머리끈 두 개를 엄마에게 내밀었다. 엄마는 군말 없이 주비의 부탁을 들어주었다. 잠투정 없이 일찍 일어난 데다, 단정하게 머리를 묶어달라고 스스로 말하는데 거절할 이유가 없으니까.

주비는 괜히 화장실에 들락날락하며 거울에 머리를 비춰 보았다. 빨간 체리 방울이 쫑쫑 달린 머리는 주비가 봐도 너무 깜찍했다. 내 머리끈, 전날 작전을 대성공으로 이끈 머리끈. 주비는 양손으로 체리 방울들을 조심스레 어루만져보았다. 혹시 이 머리끈에 마법이 걸려 있는 건 아닐까?

"당신, 그거 예쁘네."

그건 생전 처음 듣는 말이었다. 밤이 오빠는 누구와 짝꿍이 되어 소꿉놀이를 하든 그런 말은 절대 하지 않았다. 당연하게도, 주비는 뛸 듯이 기뻤다. 엄마로 선택되었을 때에도 이미 만화 주인공이 된 것 같은 기분이었는데, 오빠가 예쁘다고까지 해주니 기분이 너무 좋아서 당장 마법이라도 부릴 수 있을 것 같았다. 어쩜, 밤이 오빠는 말도 멋있게 해. 당신 그거 예쁘네라니. 오빠의 말이 가슴에 통 부딪혀 와서 온몸에 메아리처럼 울리는 것 같았다.

"주비, 그러다 넘어질라."

어린이집을 향해 달리는 주비에게 엄마가 뒤에서 외쳤다. 그러고 보니 엄마한테 고맙다고 안 했네. 멈춰 서서 엄마를 향해 돌아선 주비는 엄마에게 뽀뽀를 해주려고 기다리고 있었는데, 엄마는 피곤한 얼굴로 천천히, 아주 천천히 걸어왔다.

"주비야!"

언제나처럼 시아는 주비에게 제일 먼저 아침 인사를 건넸다. 시아에게도 벅찬 마음과 기쁨을 전하려고 벌떡 일어난 주비는 곧 깜짝 놀랄 수밖에 없었다.

"시아야, 너 그거⋯⋯."

"응, 어제 엄마한테 사달라고 했어."

주비는 뭐라고 해야 좋을지 몰라 잠깐 동안 멍하니 시아를 보고 있었다. 늘 머리를 풀고 다니던 시아가 양갈래 머리를 하고 온 것도 놀랄 노릇이었지만, 그 머리 꼭대기에 달려 있는 것은 주비 것과 똑같은 빨간 체리 방울 머리끈이었다.

"어때?"

주비는 시아가 수줍어하는 걸 이해할 수 없었다. 오로지 한 가지 생각만 머릿속에서 부글부글 끓었다.

장시아 이 배신자.

이게 뭐 하는 짓이야? 내가 얘기해준 비밀을 이렇게 써먹겠다는 거야? 친구라고 생각했는데⋯⋯. 꼭꼭 믿고 비밀을 알려줬는데?

"몰라."

주비는 쌀쌀맞게 말하고 시아로부터 멀찍이 떨어진 곳으로 갔다. 영문을 모르는 표정으로 시아가 다가오려 해서 주비도 곧 다시 다른 데로 가려고 했는데, 오영명이 끼어들었다.

"야, 신주비."

"왜?"

"장시아랑 너랑 똑같은 머리 하니까⋯⋯"

"뭐?"

"너 진짜 못생겼다."

오영명은 자기가 말하고 자기가 킥킥 웃었다. 주비의 얼굴이 새빨갛게 달아올랐다.

"그 말 사과해!"

오영명의 뒤에 서 있던 시아가 소리를 지르며 오영명을 할퀴었다. 둘이서 엎치락뒤치락 싸울 동안 다른 여자애들이 선생님을 불러왔다. 선생님이 시아와 오영명을 겨우 떼어놓을 동안 주비는 그게 다 자기랑 상관없는 일처럼 느끼면서 그냥 계속 서 있었다.

내가 모를 줄 아나? 시아가 나보다 훨씬 예쁘다는 거. 오영명 진짜 짜증 나.

시아도 웃겨. 내 편 들어준다고 내가 고마워할 줄 알고? 배신자 주제에 편 드는 척은 왜 해.

시아와 멀찍이 떨어져 앉은 채로 주비는 골똘히 생각에 잠겼다. 그나저나, 이대로라면 오늘은 밤이 오빠가 시아를 엄마로 삼을 텐데. 시아도 한번 엄마 역할을 해보고 나면 계속 하고 싶어질 텐데. 어떻게 하면 좋지?

어떻게 해야 내가 엄마가 될 수 있지?

낮잠 시간까지 끙끙 고민한 끝에 주비는 엄마를 찾아가기로 마음먹었다. 상가로 내려가는 발걸음도 마음도 무거웠다. 손님이 없는 틈에 휴대폰으로 드라마를 보던 엄마는 주비를 반갑게 맞았다. 엄마의 휴대폰 속에서 나오는 드라마는 저번에 이모가 보던 것과 같은 드라마인 듯했다. 어른들이 서로 소리를 지르고 째려보고, 음모를 꾸미는 드라마. 마침 주비도 음모를 꾸미는 중이었다. 그렇다고 반가울 것까지는 없었지만.

"신주비, 오늘은 왜 왔어? 머리도 묶어줬구만."

"엄마……."

"뭐 사 가야 돼?"

주비는 우물쭈물 손으로 손을 만지작거리다 말했다.

"나 껌 먹고 싶어요."

"갑자기 껌은 왜?"

엄마는 휴대폰에서 눈을 떼지 않았다.

"몰라, 껌 먹고 싶어."

그렇게 말해도 엄마가 자기를 쳐다보지 않아서 주비는 우는 소리로 껌, 껌, 하고 점점 크게 외치기 시작했다. 한동안 시끄럽게 굴자 그제야 엄마가 주비를 쳐다보았다.

"아니, 얘가 오늘 왜 이래. 아침에는 방방 날아가려고 하더니만."

엄마는 갸웃거리면서도 돈통에서 천 원짜리를 하나 꺼내주더니, 가게 문을 나서는 주비에게 뒤늦게 생각났다는 듯 말했다.

"껌 삼키면 안 된다."

"알겠어."

삼킬 리가 없지, 삼키면 작전 실패인걸. 주비는 슈퍼마켓과 문방구 사이를 두리번대다가 문방구에서 껌 하나를 샀다. 포장을 조심스레 까서 껌을 입에 넣고 껌 종이는 작게 구겨 거스름돈이 들어 있는 주머니에 넣은 다음, 엘리베이터에 탔다. 달고 향긋한 맛이 입안에 퍼졌지만 왠지 기분은 계속 나빴다. 엘리베이터에서 어린이집 문까지 가는 길이 너무 멀게 느껴졌다.

이건 다 네 잘못이야.

주비는 우울한 마음으로 낮잠 자는 시아를 내려다보며 그렇게 생각했다. 그렇게 생각하고서도 나쁜 기분은 잘 떨칠 수 없었다. 주비는 어린이집 아이들이 모두 잘 자고 있는지 잘 살펴본 다음, 시아 옆에 엎드려 입안에 들어 있던 껌을 꺼내 시아의 땋은 머리 한쪽에 붙였다.

　그러고는 아무 일도 없었다는 듯 시아와 조금 거리를 두고 누운 채 낮잠을 청했다. TV에 나오는 마법 공주 대신 그 공주를 괴롭히는 악당이 된 것 같은 기분이 들어서 잠이 오지 않았다.

　잠들지 않은 채로 보내는 낮잠 시간은 엄청 길게 느껴졌는데, 그 긴 시간이 다 지날 무렵 누군가 가까이에서 꺄악 비명을 질렀다. 시아겠지, 주비는 눈을 감은 채로 생각했다. 어쩐지 가슴 언저리가 따끔거렸다.

　"어떡해, 머리에 더러운 거 묻었어."

　울음 섞인 목소리는 역시나 시아의 것이었다. 아이들이 웅성거렸고 주비도 자리에서 일어났다. 자다가 조금 뒤척였는지 시아의 머리에 붙어 있던 껌은 바닥에도 옮겨 붙은 듯했고, 시아가 일어날 때 늘어난 바람에 머리와 바닥 사이에 거미줄같이 지저분하게 늘어져 있었다.

　끝내 시아가 울음을 터뜨렸다. 어떡하지, 어떡하지. 주비는 입을 틀어막았다. 밤이 오빠랑 소꿉놀이를 할 때랑은 비교도 되지 않게 가슴이 뛰었다. 너무 무섭고 기분이 나빠서 토할 것 같았다. 아까는 다 시아 잘못이니까 그래도 된다고 생각했는데, 저지르고 보니 진짜로 잘못한 건 주비였다. 아까는 그걸 몰랐고 지금은 알게 된 것이 너무 이상했다.

　"선생님!"

누가 소리를 지르며 밖으로 나갔고 또 누구는 만들기 바구니를 들고 시아한테 달려왔다. 만들기 바구니를 가져온 애는 오영명이었다. 오영명은 씩씩대며 바구니를 뒤져 가위를 찾더니 다른 애들이 말리기도 전에 시아의 머리에 갖다 대고 눌렀다.

"왜 안 잘리는 거야?"

단단히 땋아놓은 머리 타래는 잘 잘리지 않았고 오영명은 끙끙대며 계속 가위질을 해댔다. 뒤늦게 정신을 차린 시아가 오영명을 밀쳤지만 오영명은 끈질겼다.

"하지 마! 하지 말라고!"

"왜 그래, 도와주려고 하는 거잖아!"

결국 오영명이 시아의 머리카락 한쪽을 거의 다 자른 후에야 선생님이 왔다.

"아이고…… 껌이 붙었구나. 린스 발라서 떼면 되는데."

선생님은 껌이 붙은 바닥과 시아의 머리와 가위를 들고 있는 오영명을 번갈아 보더니 다 알겠다는 듯 혀를 쯧쯧 찼다. 선생님의 말을 들은 시아는 서럽게 울기 시작했다.

땋아서 도넛 모양으로 동그랗게 묶었던 시아의 머리는 껌이 붙은 한쪽 끄트머리가 마구잡이로 잘린 채 대롱대롱 매달려 있었다. 선생님은 오영명에게 벽을 보고 서 있게 벌을 준 다음 시아의 머리를 풀어 매달려 있던 머리 타래를 떼어냈다.

"껌 가져온 사람은 누구야?"

선생님은 주비를 쳐다보며 물었다. 낮잠 시간에 밖에 나갔다 온 사람이 주비밖에 없으니, 선생님은 이미 범인을 알고 있었던 것이다.

"저요."

주비는 힘없이 손을 들었다. 놀란 눈으로 이쪽을 보는 시아와 눈을 마주치지 않으려고 무척 애를 썼지만, 잘 되지 않았다. 그래서 별 수 없이 주비도 울고 말았다.

"왜 그랬어?"

주비는 선생님에게 안긴 채로 엄마 가게에 갔다. 앞뒤 사정을 선생님에게 모두 들은 엄마는 주비에게 다그쳐 물었다. 주비는 한참 울어서 나른하기도 하고 말이 잘 나오지 않기도 해서 고개만 절레절레 저었다.

"일부러 그랬어?"

일부러 그런 것이 맞았다. 시아가 주비 머리를 따라 해서. 주비보다 예쁜 시아가 주비랑 똑같은 머리를 해서 밤이 오빠를 빼앗아가려고 해서. 하지만 그것까지 털어놓으면 엄마가 너무 실망할 것 같았다. 잘은 모르겠지만, 왠지 그것만은 말해서는 안 될 것 같았다.

"모르고 그랬어."

주비는 거짓말을 해놓고 또 엉엉 울었다.

"시아한테 사과하러 가자."

"싫어……."

"시아가 그렇게 싫어?"

그게 아니고 내가 잘못해서 시아를 보면 마음이 따끔거려서, 그게 싫은 건데. 엄마는 알지도 못하고. 어떻게든 잘 말해보려 했지만 말이 나오지 않아서 주비는 고개만 저었다. 너무너무 슬펐다. 시아가 엄마가 될까 봐 걱정돼서 저지른 잘못 때문에 밤이 오빠랑 소꿉놀이도 못 하게 됐고, 가장 친한 친구인 시아의 머리를 엉망으로 만들어버렸다. 생각할수록 후회되어서 울음을 쉽게 그칠 수가 없었다. 엄마는 한숨을 내쉬고는 주비를 이끌고 시아네 가게에 갔다.

앤틱 소품 가게인 시아네는 주비네 가게에서 조금 멀리 떨어져 있었다. 주비는 사과하러 왔다는 것조차 잠시 잊은 채 시아네 가게에 있는 예쁘고 신기한 물건들을 구경했다. 이윽고 가게 뒤편에 딸린 작은 방 문을 열고 시아네 엄마가 나왔다. 주비는 시아네 엄마를 이미 본 적이 있었지만 새삼스레 눈을 크게 떴다. 예쁜 것투성이인 그 가게에서 제일 예쁜 건 시아네 엄마였다. 시아가 그렇게 예쁜 건 자기 엄마를 닮아서였다. 꼭 드라마 주인공 같은 시아네 엄마에 비하면 주비의 엄마는 주인공을 괴롭히는 못된 사람 같다는 생각이 들 정도였다. 그렇게 생각하니 또 괜히 심술이 났다. 나도 그렇겠지, 나도 우리 엄마를 닮아서 뎅그렁 감자 같고 부스스 흙당근 같겠지.

"시아 어머니 안녕하세요."

주비가 무슨 생각을 하는지도 모른 채 엄마는 침착하게 인사를 건넸다.

"어머, 네. 안녕하세요. 방금 어린이집 선생님 왔다 가셨는데……."

"네……. 그래서 사과드리러 왔어요. 주비도 시아한테 사과하라고 하려고요."

"그러셨구나, 잠깐 앉았다 가실래요?"

"가게 열어두고 와서 오래는 못 있을 것 같아요. 죄송해요."

시아네 엄마는 가게 안쪽에 잠깐 눈길을 주고는 목소리를 낮추었다.

"시아는 지금 자요. 하도 울어서 진이 다 빠진 것 같더라고요."

"주비 잘 타일러서 나중에라도 사과하게 할게요. 시아한테 꼭 물어봐주세요. 사과 받았는지."

"아니에요. 애들이니 놀다가 껌 좀 붙을 수도 있죠. 껌보다 머리 자른 게 더 큰일인데, 걔는 코빼기도 안 비치는데요, 뭐."

그야 일찍 어린이집을 떠난 시아랑 주비하고는 다르게 오영명은 어린이집에서 계속 벌을 서고 있을 테니까. 걔는 벌서기가 끝나도 사과하지 않을 걸요, 자기가 시아를 구해주려고 그랬다고 생각할 테니까. 주비는 자기도 잘한 것 하나 없다는 걸 알면서도 속으로 오영명 흉을 봤다.

"그래도 죄송해요, 정말."

걱정스러운 목소리로 엄마가 건넨 사과에 시아네 엄마는 크게 웃었다.

"웃어서 저야말로 죄송해요. 그런데요, 시아는 주비가 너무 좋아서 괜찮대요. 시아가 오히려 주비한테 미안하대요. 자기가 오늘 주비 머리를 따라 해서 주비 기분이 안 좋아 보였대요."

긴 울음 뒤에 이어지는 딸꾹질 같은 숨 때문에 계속 가슴을 들썩거리던 주비는 번뜩 정신을 차렸다.

시아는 다 알고 있구나.

시아는 내가 일부러 그런 걸 알아.

그런데도 자기가 미안하다고 했어.

"머리 커트 비용이라도 드려야 제 마음이 편할 것 같아요……."

"아니에요, 정말 괜찮아요. 그나저나 쟤가 일어나야 미용실에 가든지 말든지 할 텐데."

문득 시아네 엄마가 돌아본 작은 방에서는 아무런 소리도 새어나오지 않았다.

## 금요일

금요일은 이모가 주비를 데려다주기로 엄마랑 약속한 날이었다. 이모는 의기양양하게 휴대폰을 꺼내 주비에게 보여주었다.

"신주비, 니가 저번에 하도 뭐라고 해서 이모가 고난이도 머리 땋는 영상 찾아왔다. 이거 해보자."

"아니야, 이모. 이모도 피곤하잖아."

주비가 한 말에 이모는 입을 떡 벌렸다.

"너 가끔 뭔가 어른스러운 말을 하더라. 엄마 따라 하는 거야?"

"내가 그래?"

"방금 그 말도 그래."

이모는 미심쩍은 표정을 지우지 못한 채로 주비의 머리를 묶어주었다. 이모와 엄마가 일명 삐삐 머리라고 부르는, 양쪽으로 갈라땋기만 한 간단한 머리였다. 삐삐가 뭔데? 하고 물어도 이모와 엄마는 제대로 대답 않고 요즘 애들은 삐삐도 모르고…… 라며 웃을 뿐이었다. 아무튼 적당한 스타일이라고 할 수 있었다. 시아에게 미안해서 화려한 머리는 할 수 없었지만, 그거랑 밤이 오빠랑 소꿉놀이를 하는 건 다른 문제니까.

어린이집 선생님과 이모에게 공손히 배꼽 인사를 하고 잽싸게 안으로 들어갔지만 시아는 보이지 않았다. 한참을 두리 번거리던 주비는 갑자기 불안감을 느꼈다. 설마 시아가 이제 어린이집에 안 나오면 어떡하지? 아파트에서 멀리 떨어진, 시내에 있는 어린이집에 다니기로 했으면 어떡하지?

아침마다 하는 어린이 체조가 끝나고도 한참 동안 시아가 오지 않았으니, 주비가 그런 생각을 하는 것도 이상할 것은 없었다. 하지만 시아는 결국 어린이집에 나타났다. 늦게서야 살그머니 들어온 시아를 본 주비는, 어저께 자기랑 똑같은 머리를 한 걸 봤을 때보다도 더 크게 놀랐다.

"시아야!"

시아는 짧은 커트 머리를 하고 있었다. 머리를 남자애처럼 짧게 자르고 나타난 시아를 보고 주비뿐 아니라 모든 아이들 이 시끌시끌 떠들기 시작했다.

"머리 어떻게 된 거야?"

"어제 너무 오래 자서 아침에 미용실 갔다 왔어."

"아니, 그게 아니고."

꼭 가수 같아. 주비는 그런 생각을 하고 있었다. 어깨 밑으 로 내려오는 긴 생머리를 풀고 다닐 때 시아는 공주님이었는 데, 머리가 짧아지니까 남자 아이돌 가수 같았다. 왕자님 같 다는 뜻도 됐다. 로즈 공주와 운명으로 이어진 왕자님.

"늦어서 미안해, 주비야."

어째서인지 시아의 말을 들으니 눈물이 핑 돌았다. 잘못한 건 난데 왜 또 미안하다고 하는 거야. 네가 그러면 내가 더 나쁜 아이처럼 느껴진단 말이야. 결국 주비가 큰 소리로 울음을 터뜨렸고 시아는 당황했다.

"주비야, 울지 마. 내가 잘못했어."

뭘 잘못했다는 거냐고, 대체. 주비는 우느라 숨을 힉힉 몰아쉬며 말했다.

"머리가 완전히 남자애처럼 됐잖아."

"나는 이 머리 좋은데, 주비는 마음에 안 들어?"

시아가 자기 앞머리를 이마 옆쪽으로 살짝 넘기며 물었다. 주비는 세차게 고개를 저었다. 그렇게 잘 어울리는 머리를 어떻게 마음에 안 들어할 수가 있겠어?

"아니, 멋있는 것 같아."

"내 머리 멋있어?"

"응."

주비의 솔직한 대답에 쑥스러워졌는지 시아는 뒷머리를 긁적였다.

"그럼 있잖아, 이따가 나랑 소꿉놀이 할까? 내가 아빠 하면 되잖아."

생각지도 못한 시아의 제안에 주비의 입이 떡 벌어졌다. TV에서 튀어나온 왕자님 같은 시아가 주비하고 소꿉놀이를 하고 싶어하다니. 그런 시아와 짝이 되면 주비는 로즈 공주가 되는 거나 마찬가지였다. 당연히 좋다고, 너무너무 좋다고 하고 싶었지만, 왠지 바로 대답할 수가 없었다. 밤이 오빠 생각이 나버렸기 때문이다.

"시아야, 우리도 엄마 시켜줘."

주비가 대답을 망설이는 사이 다른 여자애들이 와서 시아에게 조르고 있었다. 이제부터는 다 같이 돌아가면서 엄마 역할을 맡으면 좋겠다면서. 시아는 그것도 좋지만, 자기가 엄마만큼 좋아하는 사람은 주비밖에 없으니까 주비가 엄마를 해야만 아빠 역할을 맡겠다고 고집을 부렸다. 어떤 여자애는 시아가 엄마를 하고 자기가 아빠를 해도 된다고 하고 있었다.

갑자기 여자애들한테 인기가 많아진 시아를 보니 주비도 마음이 급해졌다. 시아랑 소꿉놀이를 할 수 있는 사람은 자기뿐이라고 딱 잘라 말하고 싶었지만, 자꾸 밤이 오빠 생각이 났다. 자기까지 다른 여자애들처럼 밤이 오빠를 배신할 수는 없다는 생각이 들자 그쳤던 눈물이 다시 났다. 주비가 어린이집이 떠나가라 큰 소리로 울기 시작했을 때, 웬걸 더 큰 소리로 울음을 터뜨린 애가 있었다.

"시아가 남자애가 됐어!"

시아의 머리를 그렇게 만든 공범 주제에 뭘 잘했다는 것인지, 오영명이 세상 서럽게 울고 있었다.

## 사랑하는 기억

10년 전쯤 지하철에서 봤던 어떤 아이를 가끔 떠올린다. 내가 어린이집에 다니던 나이와 그때 내 동생의 나이, 그 사이일 듯한 어떤 아이가 자기 엄마를 부르던 장면. 아이는 해먹처럼 우묵하게 만든 캔버스 천 유아차에 앉아 있었고, 아이의 어머니는 내 근처 지하철 좌석에 앉아 있었다. 아이는 자기와 마주 보고 있는 어머니를 우러러 (그럴 수밖에 없는 각도라서) 보면서 길거나 짧게, 높거나 낮게, 또 애달프거나 장난스럽게 말투를 바꾸어가며 계속해서 엄마를 불렀다. 엄마. 엄마! 엄마아. 엄마? 엄마~ 엄. 마. 어머니는 스마트폰을 들여다보며 세 번에 한 번 꼴로 대답했다. 왜? 왜. 왜! 왜… 왜.

어째서인지 나는 그때, 아이 어머니를 대신해 내가 그 아이에게 대답하고 싶다는 충동을 느꼈다. 온 세상에 엄마밖에 없다는 듯, 그래서 사랑할 사람도 오로지 당신뿐이라는 듯 엄마를 부르는 그 소리에 맹렬하고도 순수한 사랑이 있다고 생각했기 때문에. 너무나 많은 것을 보고 듣고 겪었기 때문에 쉽게 감동하지 않는 어른의 마음으로는 따라갈 수 없는 사랑이. 흔하다면 흔한 광경이었지만, 그럼에도 여전히 그 아이와 어머니를 잊지 못한다.

내가 쓴 이야기에 나오는 아이들은 여러 방식으로 어른들을 흉내 낸다. 하지만 아이가 어른 같은 행동을 한다고 해서 마음도 어른과 비슷할 거라 생각하지는 않았다. 아이가 무언가를 또는 누군가를 좋아하는 마음이, 어른을 보고 따라 하는 거라고 생각할 수도 없었다. 아이들의 마음은 어른들의 그것보다 훨씬 더 힘이 세다고, 특히 사랑 같은 것은 오히려 어른이 아이에게서 배우는 것이라고 믿었으니까.

지하철에서 만난 아이와 어머니를 떠올리며 종종 그에 대해 생각했다. 세상에서 가장 순정하고 강한 사랑은 양육자가 자녀를 아끼는 마음이란 인식이 보편적인 듯한데, 정말 그런지. 어른들의 세상에는 중요한 것이 너무 많아 사랑하지만 집중하지 못하는 경우가 꽤 있는 것 같다. 반면 아직 사랑을 방해할 요소가 끼어들지 않은 아이들의 세계에서는 사랑하는 것을 있는 힘껏 사랑하는 일이 전혀 어색하지 않다. 막상 아이일 때는 사랑을 하고 있음이 몹시 기쁘고 설레 하루하루가 벅찼던 것 같다. 먼저 저만치 앞서 가 있는 묵직한 마음을 몸이 우당탕 따라 구르는 듯한 그때의 사랑은 그 자체로 즐거운 놀이였다.

자라느라 바쁜 와중에도 누군가를 힘껏 사랑한 아이들이, 또 그런 아이였던 기억을 지닌 어른들이 이 이야기를 즐겁게 읽어주기를.
누차 말하지만, 사랑에만큼은 우리 모두 소질이 있다.

서
연
아

물
고
기
의
밤

죽어서도 느낄 수 있다면 그건 신일 것이다. 송아는 신이 된 기분이었다. 할머니! 할머니도 신이 되었어? 지금 나를 보고 있어? 하지만 송아처럼 이렇게 작고 나약하게 느껴진다면 신이라 해도 별 수 없을 것이다. 들리는 건 계곡물 소리뿐이었다. 송아의 몸이 물살을 따라 천천히 내려갔다. 불어서 쪼글쪼글해진 손가락은 마치 어린아이가 아닌 나이 든 사람의 것 같았다. 웅덩이로 밀려 들어간 몸이 잠시 멈춰 빙그르르 돌았다. 감긴 두 눈 위로 나무 그림자가 어른거렸다. 춥다. 무덤 속이었다면 따뜻했을 텐데.

얼굴이 물에 잠겼다. 코와 입으로 물이 들어왔다. 눈을 뜨지 않을 거야. 숨을 쉬지 않을 거야. 하지만 송아는 참지 못하고 물속에서 숨을 쉬고 말았다. 가슴이 타는 듯했다. 송아는 발버둥 치며 물 위로 올라왔다. 헛구역질이 나왔다. 코에서 물이 졸졸 흘렀다. 송아는 허리까지 차는 물을 헤치며 천천히 밖으로 걸어 나왔다. 따뜻한 곳으로 나오자 머리가 저릿저릿했다. 손에서도 쥐가 났다. 송아는 계곡 반대편을 보았다. 다행히 이모는 송아를 보지 못한 듯했다. 이모는 피크닉 매트를 펼쳐놓고 점심 먹을 준비를 하고 있었다. 엄마는 송아가 물에서 혼자 이런 짓 하는 걸 질색했다. 이모도 송아가 이러는 걸 싫어할 게 틀림없었다.

송아에게 맨 처음 송장헤엄을 가르쳐준 건 아빠였다. 시체처럼 똑바로 누워서 물 위를 둥둥 떠다니는 거라고 했다. 가슴을 내밀고 고개를 뒤로 젖히기만 하면 몸이 가라앉을 염려가 없었다. 가라앉더라도 양팔로 나비 날듯 물을 밀어주면 몸이 다시 떠올랐다. 송아는 아빠처럼 송장헤엄을 잘 치는 사람을 본 적이 없었다. 아빠는 얼굴에 물이 튀어도, 옆에서 말을 시켜도, 심지어 머리가 돌에 부딪혀도 죽은 사람처럼 물에서 꿈쩍하지 않았다. 언젠가 온 가족이 함께 이모 집에 놀러 갔을 때였다. 엄마 생일이었다. 아빠는 송장헤엄을 치다가 계곡 급류에 휩쓸렸다. 아빠는 순식간에 물거품 속으로 모습을 감추었다. 송아가 외치는 소리에 식구들이 달려왔다. 이모부가 급류로 뛰어들었지만 아빠를 찾지 못했다. 당연한 일이었다. 아빠는 이미 계곡 하류로 쓸려 내려가 송장헤엄을 치고 있었으니까. 사람들은 아무것도 모른 채 계속 아빠를 찾았다. 얼마쯤 지나 아빠가 쫄딱 젖은 모습으로 나타났다. 엄마는 화를 냈고 이모는 부랴부랴 구조대 출동을 취소하는 전화를 걸었다. 아빠는 아무 일 없었다는 듯 평상에 앉아 남은 술을 마셨다. 아빠는 케이크를 자르기 직전에 잠이 들었다. 그 때문에 분위기가 좋지 않았다. 송아와 오빠는 엄마에게 나비 모양 머리핀을 선물했지만 엄마 머리가 너무 짧았다. 머리를 다시 길러야겠다며 웃음 짓던 엄마가 갑자기 울어버렸다. 오빠는 채집통을 들고 혼자 풀숲으로 사라졌다. 송아는 불고기를 너무 많이 먹어서 배탈이 났다. 송아는 엄마의 새 옷에 토하고 말았다. 그게 끝이었다. 송아네 가족은 다시는 함께 나들이를 가지 않았다. 아빠의 송장헤엄을 본 것도 그날이 마지막이었다.

지난 며칠 동안 벌어진 일들이 송아에게는 꿈처럼 느껴졌다. 송아를 결국 집에서 데리고 나온 사람은 옆집 아줌마였다. 밖으로 나가지 않겠다고 한참을 버틴 뒤였다. 송아 자신은 기억하지 못하는 일이었다. 아줌마는 송아를 안고 이제 괜찮다고 말해주었다. 송아는 고개를 들었다. 소리를 지르는 사람이 있었고, 구경하는 사람이 있었고, 바쁘게 뛰어다니는 사람들이 있었다. "세상에 어떻게…", "아이를…", "그 엄마가…", "설마…" 같은 말들이 귀에 꽂혔다. 구급차 두 대가 나란히 입을 벌리고 있었다. 경찰차에서 빛이 번쩍거렸다. 송아는 한꺼번에 그렇게 많은 낯선 사람들을 본 적이 없었다. 경찰과 말을 나눈 것도 처음이었다. 사람들은 뭔가를 궁금해했는데 송아한테서 대답을 듣고 싶어했다. 송아는 오랭이 이야기를 해주려고 했다. 오랭이는 떡을 좋아해요. 장난치는 것도 좋아하고요. 하지만 송아는 떡이 싫어요. 케이크가 더 맛있어요. 송아는 계속 말하려다가 입을 다물었다. 사람들이 듣고 싶어하는 이야기가 그게 아니라는 걸 깨달았기 때문이다.

"무엇을 봤니?"

사람들이 물었다.

송아는 나비를 봤다. 나비들이 집 안을 훨훨 날아다녔다. 흰나비, 노란 나비, 점박이 나비, 큰 나비, 작은 나비. 수없이 많은 나비 때문에 숨이 막힐 지경이었다. 바닥과 벽에 새빨간 꽃가루가 떨어져 있었다. 빨간 점들이 모여 그림을 만들었다. 송아가 찾은 그림은 자전거였다. 빨간색 자전거가 빨간색 도로를 따라 달렸다. 바퀴는 하나뿐이었어요. 하지만 그것 역시 사람들이 원하는 답은 아니었다.

그들은 송아의 말을 알아듣지 못했다. 송아가 일부러 엉뚱한 이야기를 지어냈다고 생각하는 것 같았다. 그들은 송아에게 같은 질문을 계속했다. 무엇을 봤니? 어디에 있었니? 무슨 소리를 들었니? 똑같은 걸 자꾸자꾸 물어봐서 송아는 답답했다. 송아는 울음을 터뜨렸다. 송아가 울면 할머니는 송아 얼굴을 잡고서 "에효, 이쁘다. 울지 마라" 말하곤 했다. 엄마는 화를 냈다. 오빠는 텔레비전을 보거나 과자를 먹었다. 사람들은 안아주지도 않고 화를 내지도 않았다. 그들은 몹시 안타까운 표정을 지으며 수첩이나 핸드폰을 꺼내 메모를 했다.

그들은 송아를 병원으로 데려갔다. 병원에는 또 다른 사람들이 있었다. 그들 중 송아 마음에 든 사람은 안경 낀 통통한 아줌마뿐이었다. 아줌마가 입은 하얀 가운 속 티셔츠에서 토끼가 놀고 있었다. 송아는 풀밭을 돌아다니는 토끼를 뚫어져라 보았다. 토끼도 의사 선생님처럼 안경을 끼면 어떨까 하고 생각했다. 토끼가 풀밭에서 뭔가를 찾으려고 하지만 찾지 못하는 것처럼 보였기 때문이다. 의사는 송아를 진찰하고 또 송아에게 질문을 했다. 송아는 이야기하는 걸 좋아하고 듣는 것도 좋아하지만 이젠 무슨 이야기를 해야 옳은지 알 수 없었다.

사실 송아는 이런 이야기를 들려줄 수도 있었다. 오랭이의 기분이 좋을 때면 오랭이 머리 위에서 나비가 날아다녔습니다. 기분이 나쁠 때에도 오랭이 머리 위에서 나비가 날았습니다. 어린 송아가 나비를 빤히 쳐다보고 있으면 오랭이는 기분이 좋을 땐 웃었고, 기분이 나쁠 땐 손톱으로 송아의 얼굴을 긁었다. 워낙 갑작스러운 공격이라 아픔보다는 놀라움이 더 컸다. 송아는 오랭이가 무서웠다. 오랭이가 성질을 부릴 때에는 세상이 모두 사라지고 오랭이 눈썹과 입술만 남았다. 송아가 아무리 빨리 도망쳐도 커다란 눈과 입이 송아를 잡아 삼켰다. 하지만 솔직히 송아는 오랭이보다 귀신이 조금 더 무서웠다. 세상에 귀신보다 무서운 건 없었다. 송아는 얼굴 없는 귀신, 거꾸로 귀신, 새 다리 귀신 이야기를 알고 있었다. 그래도 이런 이야기를 듣고 싶어하는 사람은 없을 것이다. 송아는 입을 꾹 다물었다.

그들은 송아를 높고 하얀 병원 침대에 눕게 했다. 커튼으로 칸막이를 친 공간에서 소독약 냄새가 났다. 졸음이 왔다. 사람들이 왔다 갔다 했다. 아픈 것도 아니고 피가 나는 것도 아닌데 왜 팔에 주사기를 꽂고 있어야 하는지 이해할 수 없었다. 송아는 천장에 있는 검은 얼룩들을 셌다. 송아는 잠을 자지 않으려고 애썼다. 집으로 가야 된다. 그 생각이 들자 갑자기 마음이 급해졌다. 송아는 자신이 여전히 축축하고 서늘한 지하실에 있다고 착각했다. 비릿한 피 냄새와 시큼한 똥 냄새가 풍겼다. 당장 집으로 돌아가지 않으면 엄마한테 혼날 거야. 현관문을 열지 않겠다고, 혼자 돌아다니지 않겠다고 약속했잖아. 괜찮아. 아주 잠깐만 있다 갈 건데, 뭐. 아무도 눈치채지 못할 거야. 하지만 지하실에서 본 광경은 엄마와의 약속을 완전히 잊게 할 만큼 송아의 마음을 사로잡았다. 송아는 얼마나 오래 그곳에 있었는지 알지 못했다. 지하실에 들어서자마자 시간이 멈췄고, 송아가 집으로 돌아갔을 땐 이미 너무 늦어버렸다. 오랭이가 다녀간 뒤였다.

병원으로 온 이모를 보고 송아는 무척 기뻤다. 이모는 굽 없는 샌들을 신고 뒤뚱거리며 들어왔다. 이모는 뚱뚱했는데 그것은 이모 배 속에 뚱뚱한 아기가 자라고 있어서였다. 송아는 이모에게 아기가 더 뚱뚱해졌다고 말해주었다. 송아는 일부러 밝고 힘찬 목소리로 말했다. 그래야 얼른 주사기를 빼고 집에 갈 수 있을 거라고 생각했다.

송아는 이모와 함께 병원을 나섰다. 이모는 송아를 조수석에 앉히고 벨트를 매게 한 뒤 부른 배를 겨우 운전석 안으로 집어넣었다. 엄마가 운전할 땐 늘 오빠가 앞자리에 앉았기 때문에 송아가 조수석에 탄 건 처음이었다. 낯선 곳에서 이모를 만난 것도 좋았지만 이모 집으로 가는 건 더 좋았다. 이모 집엔 잔디밭이 있고 꼬마 연못이 있었다. 지난번에 놀러 갔을 때 송아는 오빠와 함께 계곡에서 잡은 송사리를 꼬마 연못에 풀어주었다. 할머니가 살아 있을 때 이모네 마당은 훨씬 예뻤다. 커다랗고 시들시들한 화분 대신 색색의 꽃들이 담을 따라 피어 있었다. 이모는 교과서나 동화책에 삽화 그리는 일을 했다. 이모는 꽃 그림은 잘 그리지만 꽃을 잘 키우지는 못했다.

"화났어?"

송아는 운전하는 내내 말이 없는 이모에게 물었다.

"아니."

이모가 대답했다.

"이모, 울어?"

"아니."

"왜 울어?"

"……."

이모는 말할 기분이 아닌 것 같았다. 어른이 말할 기분이 아닐 땐 말을 걸지 말아야 한다. 빤히 쳐다보지도 말아야 한다. 자꾸 물어보고 자꾸 귀찮게 굴고 자꾸 시끄럽게 하고 또 자꾸, 그러면 안 된다는 걸 송아는 알고 있었다. 송아는 이모 집에 도착할 때까지 한마디도 하지 않았다. 하지만 차에서 내릴 때 내내 참았던 말을 하고 말았다.

"엄마랑 오빠는 언제 와?"

이모는 송아한테서 고개를 돌렸다. 이모는 참지 못하고 어깨를 떨었다. 이모는 소리 내어 울었다. 송아도 눈물이 났다. 이모가 슬퍼서 너무 슬펐다. 송아는 이모 팔을 붙잡고 울었다. 이모는 한참 만에 충혈된 눈으로 송아를 보며 물었다.

"엄마가, 보고 싶니?"

송아가 고개를 끄덕이자 이모는 한숨을 쉬었다.

"볼 수 있을 거야. 당장은 안 되지만, 나중에."

"오빠는?"

"……."

"이모?"

"……."

이모가 계곡 반대편에서 손을 흔들었다.

"송아야!"

송아는 얼얼해진 엉덩이를 문지르며 바위에서 일어섰다.

수심이 얕은 지점을 찾아 계곡을 건넜다. 이모는 송아에게 비치 타월을 둘러주었다. 둘은 피크닉 매트에 앉아 계란과 햄이 들어간 샌드위치를 먹었다. 송아는 이모 눈치를 살폈다. 아침에 이모가 통화하는 소리를 들었다. 이모는 누군가와 오래 이야기했는데, 오빠가 여전히 잠에서 깨지 않는다고 하는 것 같았다. 송아는 그게 무슨 뜻인지 궁금했다. 왜 흔들어서 깨우지 않지?

"이모."

"응?"

송아가 옆에 있다면 오빠 귀에 대고 일어나라고 빽 소리를 지를 텐데. 오빠는 귀찮아하면서 뒹굴뒹굴하다가 일어날지도 모른다. 하지만 송아가 오빠 이야기를 꺼내면 이모는 또 틀림없이 울겠지. 우는 게 아기한테 좋지 않다고 이모부는 말했다.

"아무것도 아니야."

이모는 매트에 앉아 있는 게 불편한지 계속해서 몸을 움직였다. 송아가 그럴 때마다 엄마는 왜 가만있지 못하고 꼼지락거리냐고 짜증을 냈다. 할머니는 배 속에 벌레가 있어서 그렇다고 송아를 놀리곤 했다. 이렇게 긴 벌레가 열 마리, 아니 백 마리쯤 들어 있을 거라고 했다. 그러면 송아는 정말로 배 속이 간질간질한 기분이 들었다. 송아는 벌레처럼 방바닥을 기어 다녔다. 할머니가 웃었다. 할머니는 늘 송아를 기분 좋게 했다.

송아 배 속엔 벌레가 있고, 이모 배 속엔 아기가 있고, 아빠 배 속엔 바다가 있다. 송아에게 어떤 기억 하나가 떠올랐다. 어느 날이었고, 오후였고, 아빠와 어린 송아만 집에 있었다. 아빠는 맥주를 들고 소파에 비스듬히 누워 콧노래를 흥얼거리고 있었다. 아빠는 텔레비전을 보고 있던 송아를 불렀다.

"송아, 여기다 얼굴 대봐."

아빠는 자기 배를 가리키며 말했다. 송아는 아빠의 배에 얼굴을 묻었다.

"아니, 얼굴 말고 귀."

송아가 귀를 갖다 대자 아빠가 배를 흔들었다. 아빠 배 속에서 물이 출렁거리는 소리가 들렸다. 송아가 낄낄거렸다.

"바다 소리 난다."

"술 바다다!"

아빠가 송아를 간지럽혔다. 송아는 웃었다. 아빠도 웃었다. 아빠 손가락이 송아의 갈비뼈를 찔렀다. 송아는 웃음을 멈출 수가 없었다. 송아는 하지 말라고 말했다. 아빠는 계속했다. 송아는 웃고 싶지 않았지만 웃음이 났다.

"하지 마. 그만해. 악! 살려줘요."

아빠는 겨드랑이를 간질이고, 옆구리를 간질이고, 배를 간질이고, 발바닥도 간질였다. 송아가 애원해도 소용없었다. 아빠의 손가락에 점점 더 힘이 들어갔다. 송아는 그만하고 싶었다. 아팠다. 눈물이 났다. 숨이 막혀 죽을 것 같았다. 마침내 간지럼 놀이가 끝났을 때 송아는 배를 붙잡고 울었다. 아빠는 송아의 머리를 세게 쥐어박고 주방 선반에서 과자를 꺼내 던져주었다. 송아는 과자를 먹고 물을 세 컵 마신 뒤 거실에 누워 아빠처럼 배를 흔들었다. 송아 배에서는 물소리가 나지 않았다.

이모는 샌드위치를 반이나 남겼다. 이모는 보온병에서 커피를 따라 마셨다. 송아는 주스를 마신 다음 다시 물가로 내려갔다. 혼자서 맨손으로 물고기를 잡는 것은 쉽지 않았다. 물고기들이 여기저기 떼 지어 있었지만 다들 아주 쉽게 송아를 비껴갔다. 송아는 오빠가 그랬던 것처럼 돌을 뒤집었다. 마침내 숨어 있는 어린 물고기를 발견했다.

"미유기네."

언제 온 건지 이모가 옆에 서 있었다. 이모는 핸드폰으로 메기처럼 수염이 난 물고기 사진을 찍었다. 송아는 물고기를 자세히 보려고 했지만 어느새 미유기가 다른 곳으로 숨어버렸다.

"놓쳤어. 이모 때문에."

"어차피 손으로는 못 잡아, 꼬맹아."

송아는 계속 돌멩이를 들추며 돌아다녔다. 물고기는 한 마리도 못 잡았다. 대신 송아는 작고 맨들맨들한 돌멩이들을 찾았다. 어떤 돌에는 얼룩말이 살고, 어떤 돌에는 목 없는 거북이가 살고, 어떤 돌에는 인어공주가 산다. 어떤 돌멩이는 초콜릿이고, 어떤 돌은 캐러멜이고, 어떤 건 사탕이다. 송아는 이것들을 다 주머니에 넣어서 집으로 돌아왔다. 송아는 침대 옆에 돌들을 늘어놓았다. 맹맹한 계곡물 냄새가 나는 초콜릿 두 개, 캐러멜 두 개, 사탕 하나. 네, 천 원입니다. 안녕히 가세요.

계곡에서 돌아온 뒤로 이모는 작업실에 틀어박혀 나오지 않았다. 이모부가 퇴근해서 스파게티를 만들었지만 이모는 아무것도 먹지 않았다. 이모는 일찍 잠자리에 들었다.

"컨디션이 안 좋대."

이모부가 말했다. 송아는 이모부와 저녁을 먹고 조용히 텔레비전을 보았다. 이모부가 채널을 여기저기 돌렸지만 송아가 좋아하는 프로그램은 하나도 없었다. 둘은 낚시 방송을 보았다. 강가에서 붕어를 낚는 사람들을 보면서 송아는 낮에 본 미유기를 생각했다. 주둥이 옆에 수염이 난 작은 물고기를 전에도 본 적이 있었다. 그땐 오빠와 함께 있었고, 그 물고기 이름이 미유기라는 것도 몰랐다. 다른 물고기들은 떼 지어 놀고 있는데 미유기 혼자 어두운 바위 밑에 숨어 있었다.

"친구가 하나도 없나 봐."

송아가 속삭였다.

"야행성이라서 그래."

오빠가 말했다.

"야행성이 뭔데?"

"낮에 자고 밤에 돌아다니는 거야."

"캄캄한데 어떻게 돌아다녀?"

"캄캄한 데서도 잘 다닐 수 있게 진화했으니까."

"사람은 야행성이야?"

"아니."

"토끼는 야행성이야?"

"아니."

"고양이는?"

"고양이는 야행성이야."

"쥐는?"

"쥐도 아마 야행성일 걸?"

"뱀은?"

"글쎄."

"고래는?"

"모르겠어."

"악어는?"

"몰라. 그만해."

"개는? 오빠, 개는? 개도 몰라?"

　오빠는 더는 말하지 않았다. 집에 돌아오는 차 안에서 엄마에게 물었지만 조용히 하라는 대답만 돌아왔다. 송아는 곧 그런 게 궁금하다는 사실조차 잊었다.

"이모부, 붕어는 야행성이에요?"

"어? 뭐?"

졸고 있던 이모부가 깜짝 놀라 리모컨을 떨어트렸다. 이모부는 잠꼬대하듯 중얼거렸다.

"송아, 졸리겠다. 방에 데려다줄게."

이모부는 걸으면서 연신 하품을 했다. 이모부는 확실히 야행성은 아니었다.

이모부는 송아가 침대에 눕는 걸 보고 나갔다. 방문이 닫히자마자 송아는 베개를 들고 침대에서 내려왔다. 이모 집에 온 첫날 오줌을 싼 뒤로 송아는 매일 밤 바닥에서 잤다. 저녁 때 물을 마시지 않아도, 자기 전에 화장실을 두 번씩 갔다 와도 자고 일어나면 바지가 축축하게 젖어 있었다. 어떤 날은 화장실 가는 꿈을 꾸고 오줌을 싸고, 어떤 날은 오랭이 꿈을 꾸고 오줌을 싸고, 어떤 날은 아무 꿈도 꾸지 않고 오줌을 쌌다. 송아는 매일 아침 젖은 옷을 수건으로 돌돌 말아서 세탁기 안에 몰래 집어넣었다.

어둠 속에서 송아는 말똥말똥 깨어 있었다. 눈앞에 점 두 개, 별 하나, 그리고 실지렁이가 둥둥 떠다녔다. 더 자세히 보려고 하거나 만지려고 하면 사라질 게 뻔했기 때문에 송아는 가만히 있었다. 게슴츠레 눈을 뜨자 실지렁이 옆으로 작은 물고기 한 마리가 나타났다. 미유기였다. 물고기는 넓적한 주둥이를 뻐끔거리며 부유물 사이를 헤엄쳤다. 방이 바다

만큼 커졌다. 물고기는 천장을 맴돌다가 깊은 바닥으로 미끄러지듯 내려왔다. 물고기는 여전히 혼자였다.

왜 혼자니?

밤이니까. 밤엔 누구나 다 혼자야. 물고기는 수염을 실룩거렸다.

하지만 낮에도 혼자였잖아.

낮에는 자야지. 잘 때는 누구나 혼자야.

그렇구나.

송아는 물고기와 계속 이야기하고 싶었다. 물고기도 말을 할 수 있다는 걸 알았으니까. 송아는 캄캄한 밤에 어떻게 볼 수 있는지 물어보고 싶었다. 물속에서 어떻게 숨을 쉬는지, 먹이를 어떻게 먹는지, 혹시 오줌은 싸는지. 물속의 밤은 어때? 비가 오거나 눈이 오는 밤은?

창밖으로 구름이 몰려왔다. 어둠이 짙어졌다. 방에 아무것도 보이지 않았다. 하지만 송아는 물고기가 계속 헤엄치고 있다는 걸 알았다. 어둠 속에서 뻐끔거리는 소리가 들렸다. 송아는 물고기가 별을 쫓고 있는 거라고 생각했다.

이모와 이모부가 밖에서 다급히 속삭이는 소리에 송아는 잠에서 깼다. 밤중인지 새벽인지 분간할 수 없었다. 송아는 눈을 비비며 거실로 나갔다. 환한 불빛이 송아의 눈을 찔렀다. 이모는 배에 손을 얹고 벽에 기대어 서 있었다.

"송아, 깼니? 이모 데리고 병원에 좀 갔다 올게."

이모부가 말했다.

"이모 아파요? 아기 나와요?"

"모르겠다. 아직 때가 안 됐는데. 그래서 확인하러 가는 거야. 금방 갔다 올 테니까 송아는 자고 있어. 알았지?"

송아는 고개를 끄덕였다. 이모부가 이모 가방과 핸드폰을 들었다. 이모는 현관에서 발을 더듬어 신발을 찾아 신었다. 이모는 송아에게 혼자 있을 수 있냐고 몇 번을 물었다. 송아는 괜찮다고 했다. 송아가 전에도 혼자였던 적이 있다는 사실을, 그게 여러 번이나 된다는 사실을 이모는 몰랐다. 엄마는 송아에게 혼자 있을 수 있냐고 묻지도 않았다. 그냥 아파서 신음하는 오빠를 데리고 허둥거리며 나가버렸다. 오빠는 힘없이 엄마에게 끌려갔다. 송아는 그럴 때 어떻게 해야 하는지 잘 알고 있었다. 아무것도 묻지 말고 기다려야 한다. 가만히 누워 있다가 잠이 들면 된다. 엄마 베개를 베고 엄마 이불을 덮고서. 송아가 자고 일어나면 엄마와 오빠가 돌아와 있고, 그러면 모든 게 다 괜찮아졌다. 송아는 이런 이야기를 이모에게 해주고 싶었다. 하지만 그러지 않을 것이다.

"착하다."

이모부가 송아의 어깨를 톡톡 두드렸다. 이모부는 현관문을 열고 나가면서 말했다.

"문 꼭 잠그고 있어."

순간 송아는 엄마 목소리를 들었다고 생각했다. 송아의 심장이 갑자기 빠르게 뛰었다. 복숭아를 먹었을 때처럼 목과 손바닥과 가랑이 부근이 기분 나쁘게 간지러웠다. 문 잠그고 있어. 아무한테도 절대 열어주면 안 돼. 송아의 가슴이 따끔거렸다. 머리가 풍선처럼 부풀어 올랐다.

무엇을 봤니? 무슨 소리를 들었니? 송아에게 질문을 했던 낯선 사람들은 가장 중요한 것을 물어보지 않았다.

누가 문을 열었니?

내가 안 그랬어요. 엄마, 내가 문을 열어주지 않았어. 엄마가 물어보면 송아는 당장 말할 준비가 되어 있었다. 하지만 현관문이 활짝 열려 있었잖아. 바닥에 발자국이 찍혀 있었잖아. 칼날 같은 발톱에 벽지가 찢겨 있었다고. 오빠가 조립한 로봇이, 가방이 쓰러져 있었어. 나비가, 꽃가루가…… 넌 거짓말쟁이야. 거짓말하면 어떻게 되는지 알지?

거짓말쟁이는 벌을 받는다. 양들을 모두 잃는다. 마을에서 쫓겨난다. 사랑하는 사람에게 버림받는다. 영원히 외톨이가 된다. 아니야, 난 거짓말쟁이가 아니야. 너는 거짓말쟁이야. 그래서 지금 벌을 받는 거라고.

문밖에서 이모부의 차가 멀어지는 소리가 들렸다. 차 소리가 사라지자 집 안이 고요했다. 송아는 완전히 혼자라는 사실을 깨달았다. 잠을 자고 일어나면 이모와 이모부는 돌아와 있겠지만 엄마랑 오빠는 없을 터였다. 자고 일어나도 전혀 괜찮지 않다.

아니다. 엄마랑 오빠가 돌아올지도 모른다. 내일, 어쩌면 내일모레. 시간이 걸리는 것뿐이다. 기다릴 수 있다. 엄마가 돌아와서 오빠와 송아에게 탕수육을 만들어주기만 한다면 송아는 얼마든지 기다릴 수 있었다. 둘을 만나면 귀찮게 굴지 말아야지. 엄마가 누워 있을 때 옆에서 방방 뛰지 않을 거고, 오빠한테 이상한 질문을 퍼붓지도 않을 것이다. 그 야행성 물고기 이름이 미유기라고 오빠한테 가르쳐줘야지.

송아는 잠이 오기를 기다렸다. 나무늘보처럼, 번데기처럼, 숲속의 공주처럼 오래오래 자고 싶었다. 자고 나면 모든 게 괜찮아질지도 몰랐다. 송아는 조금 훌쩍였다. 텅 빈 집에 울먹거리는 소리가 낯설게 울렸다. 송아는 울음을 그치고 이모의 작업실로 들어갔다. 이모 방에는 동화책과 그림책이 군데군데 탑처럼 쌓여 있었다. 할머니는 송아가 갈 때마다 아무 책이나 골라 손으로 한 글자 한 글자 짚어가며 읽어주곤 했다. 옛날 어느 마을에 오누이가 살았습니다. 오빠는 달이 되고 누이동생은…….

지금도 어떤 책에서는 할머니 목소리가 나올 것 같았다. 할머니는 책 속에 사는 나쁜 것들을 모두 오랭이라고 불렀다. 아기 염소들을 꿀꺽꿀꺽 삼키는 오랭이, 이마에 뿔이 난 오랭이, 천 년 묵은 오랭이, 꼬리 아홉 개 달린 오랭이, 어머니로 변해 오누이를 쫓아다니는 오랭이. 할머니의 오랭이는 멍청하고 실수투성이였다. 배가 부르면 아무 데서나 잠이 들었다. 군밤에 얻어맞고, 똥 밟고 미끄러지고, 멍석에 돌돌 말린 채 강물에 빠져 죽기도 했다. 할머니가 옆에 있으면 오랭이 같은 건 하나도 무섭지 않았다. 할머니는 돌아오지 않는다. 할머니 무덤에는 보라색과 노란색 꽃다발이 놓여 있다. 죽은 사람은 진짜 꽃이 아니라 향기가 없는 가짜 꽃을 받는다. 송아는 책 무더기를 지나 이모의 작업대로 갔다. 의자에서 이모가 매일 같이 깔고 앉는 동그란 쿠션과 무릎 담요를 집었다. 송아는 방으로 돌아와 쿠션을 껴안고 무릎 담요를 뒤집어썼다. 일어났을 때 바지가 젖어 있지 않길 바라면서 송아는 눈을 감았다.

옛날, 어느 마을에 오누이가 살았습니다.

어머니는 일을 나가면서 오누이에게 당부했다. 자신이 돌아오기 전엔 절대로 아무한테나 문을 열어주면 안 된다고. 오누이는 어머니 말을 잘 들을 때도 있고 그렇지 않을 때도 있었지만 문을 열어주지 말라는 당부만은 꼬박꼬박 지켰다. 교활한 어른을 믿으면 안 돼. 어머니가 말했다. 그들은 늑대로 변하고, 토끼 사냥꾼으로 변할 수 있단다. 화가 난 어른을 믿으면 안 돼. 좌절한 어른도 믿으면 안 된다. 어머니가 말했다. 화가 난 어른은 사나운 호랑이로 변하고, 좌절한 어른은 곰으로 변하기 때문이란다. 호랑이와 곰이 단단히 미치면 자기 새끼까지 죽일 수 있다는 사실을 모르는 아이들은 없었다.

안타깝게도 오누이의 집 주변엔 오랭이 한 마리가 돌아다녔다. 오랭이는 장난을 아주 좋아했는데, 배가 고플 때, 심술이 날 때, 아니면 그냥 기회가 생길 때마다 팔 하나 주면 안 잡아먹지, 같은 놀이로 어머니를 괴롭히는 게 취미였다. 어머니는 어느 땐 팔 한 쪽을 떼어주고, 어느 땐 그 팔로 머리통을 때려주면서 겨우겨우 오랭이를 상대했다. 하지만 시간이 갈수록 오랭이의 장난은 도를 넘어 심해졌다. 견디다 못한 어머니는 결국 오누이를 데리고 도망치기로 결심했다.

새로 이사 간 아파트에는 오랭이가 나타나지 않았다. 어머니는 오누이를 학교에 보내고 놀이터에서 맘껏 놀게 할 수 있었다. 어머니는 이사 비용을 갚기 위해 열심히 일했다. 어머니는 늘 피곤했고 그래서 뭔가를 사달라거나 놀러 가자고 조르는 누이에게 자주 화를 냈다. 어느 날 누이동생이 어머니에게 따졌다.

"엄만 왜 나만 미워해!"

어머니는 뜨끔했다. 그것은 사실이 아니었다. 아무것도 모르는 철없고 순진한 아이를 어떻게 미워할 수 있을까. 어머니는 동생을 아꼈다. 너무나 사랑스러운 아이였다. 그럼에도 불구하고 어머니는 늘 그 애만 혼냈다. 네 오빠는 말 잘 듣고 착하잖니. 하지만 그 이유가 다가 아니라는 것을 어머니는 알고 있었다. 어머니는 첫째에게 평생 갚지 못할 빚을 지고 있었다.

아무튼 오랭이가 없는 나날은 그들에게 선물 같은 날들이었다. 어머니는 이런 날들이 계속되기를 빌었다. 신이시여, 신이시여, 저희를 살리시려거든 오랭이를 덫에 가두어버리시고, 저희를 죽이시려거든…… 아 제발, 저희를 가엾게 여기소서.

주말 오후였다. 어머니는 외출하고 없고 새집에는 오누이만 있었다. 초인종이 울렸다. 초인종 소리가 나면 무조건 모른 척하는 게 집의 규칙이었다. 하지만 오빠는 화장실에 있었고 여동생은 텔레비전 앞에서 꼬박꼬박 졸았다. 초인종 소리에 이어 문 두드리는 소리가 났다. 잠에서 깬 여동생이 눈을 비비며 현관으로 갔다.

"엄마야?"

여동생이 말했다. 문밖에서 옳다구나 으르렁거리는 소리가 났다.

"나다. 문 열어."

"나가 누군데요?"

"지금 장난하는 거냐?"

오랭이는 문손잡이를 붙잡고 잔뜩 흥분해서 꼬리를 살랑거렸다.

"여기 어떻게 알았어요?"

"다 방법이 있지. 너희가 몰래 떠나버려서 굉장히 서운했다. 빨리 문 열어."

"엄마가 절대 문 열어주지 말라고 했어요."

“너희들 보고 싶어서 왔어. 떡 사 왔다.”

“난 떡 안 좋아하는데.”

“그럴 줄 알고 케이크를 사 왔지. 치즈 케이크는 좋아하지?”

“…….”

“초코 케이크는 어떠냐? 생크림 케이크도 있는데.”

동생은 화장실에서 막 나온 오빠를 불렀다.

“오빠, 밖에 케이크를…….”

오빠가 현관으로 달려와 동생의 입을 급히 틀어막았다.

“빨리 문 열어!”

오랭이가 발로 문을 쾅쾅 찼다.

“케이크 안 먹어요. 가세요.”

오빠가 말했다.

“아이고 무서워라. 많이 컸구나. 좋게 좋게 말할 때 열어. 나 아주 많이 참고 있다. 나중에 정말로 혼쭐을…….”

“싫어요!”

“열어!”

“우리 옆집에 경찰 아저씨 살아요. 빨리 가세요.”

오빠가 소리쳤다. 목소리가 떨렸다. 오빠는 자신이 오랭이에게 버릇없이 말대꾸했다는 사실을 깨닫고 심장이 터질 것 같았다. 머리가 욱신거렸다. 두통이 또 올 것 같았다. 어릴 적 텔레비전을 보며 춤추다가 난데없이 의자가 날아와서, 아니 몸이 난데없이 의자로 날아가서 머리를 부딪친 뒤로 두통이 자주 찾아왔다. 자다가 두개골이 쪼깨질 듯 아파서 일어날 때가 있었다. 머리를 싸쥐고 혼자 참다가 더 이상 버틸 수 없을 땐 어머니를 깨웠다. 어머니는 오빠를 데리고 허둥지둥 응급실로 뛰어갔다. 오랭이 때문에 생긴 두통은 오랭이처럼 변덕스러워서 병원에 도착하자마자 거짓말처럼 싹 사라지곤 했다.

"오빠…….."

"쉿!"

오누이는 집 안에서 숨죽이고 있었다. 오랭이는 한참 동안 계단을 어슬렁거리더니 욕을 하면서 가버렸다.

"거짓말했어."

문구멍으로 밖을 내다보던 동생이 말했다.

"응?"

오빠가 물었다.

"케이크 없는데 있다고 했어. 그리고 오빠도 거짓말했어."

"뭐?"

"옆집, 아저씨 아니야. 아줌마야. 그 아줌마 경찰 아니고 경호원이랬어."

오누이는 학교를 며칠 쉬었다. 놀이터에도 나가지 않았다.

어머니와 오누이는 오랭이를 피해 친척 집에 머물렀다. 오랭이가 그들을 찾아왔다. 산을 넘어오느라 땀을 흘렸기 때문에 오랭이는 심기가 불편했다. 유리문을 걷어차다가 발톱이 나간 데다가 어머니가 빈 곶감 상자를 내던지는 바람에 오랭이는 약이 잔뜩 올랐다. 어머니는 부랴부랴 오누이를 친구집으로 데려갔다. 오랭이가 또 찾아왔다. 그들이 한 고개 넘으면 오랭이도 한 고개 넘었고, 그들이 두 고개 넘으면 오랭이도 두 고개를 넘었다. 어머니는 피가 말랐다. 좌절했다. 자포자기한 곰 여인은 나룻가에서 새끼들을 안은 채 그대로 강물에 뛰어들었다지. 어머니는 차라리 자식들과 함께 영원히 고통 없는 곳으로 사라지고 싶은 마음이었다. 그러면 편안해지지 않을까.

어머니는 몇 초 동안이나 자신이 그런 생각을 했다는 사실에 충격을 받았다. 어머니는 자기 뺨을 찰싹찰싹 때렸다. 아이들에게 오랭이는 하나로 충분하지 않은가. 신이시여, 신이시여, 저희를 살리시려거든 오랭이 모가지를 확 묶어버리시고, 저희를 죽이시려거든, 젠장, 아이들만이라도 살려주세요. 아쉽게도 어머니의 기도를 받은 신은 용무가 많았다. 어머니의 기도는 제대로 처리되지 않았다.

"아주 멀리 가버리자."

어머니는 고민 끝에 결정했다. 어머니가 생각한 것은 친척도 없고 친구도 없는 낯선 곳으로 떠나는 것이었다. 아무에게도 알리지 않고 한 3년 숨어 지내면 오랭이도 제풀에 지치지 않을까. 한 10년 지나면 이빨이 빠지고 발톱이 빠지고 성질도 누그러지겠지. 설령 그들이 사는 곳을 알게 되더라도 배나 비행기로만 오갈 수 있는 그곳에 오랭이가 쉽게 들이닥칠 리 없다. 오랭이는 고소공포증이 있었고 뱃멀미도…… 아, 뱃멀미를 했던가? 뱃멀미도 심하게 했다. 오랭이 배 안에 이미 바다가 들어 있어 조금만 출렁거려도 속에 있는 것들이 죄다 쏟아져 나왔다.

어머니는 임시 숙소와 아파트를 오가며 몰래몰래 짐을 정리했다. 내다 팔 수 있는 물건들은 팔았고, 버릴 건 버렸다. 가져갈 짐은 여행 가방 두 개면 충분했다. 누이동생은 장난감이 다 없어졌다며 울고불고했다. 오빠는 아무것도 묻지 않고 묵묵히 어머니를 도왔다. 어머니는 너무 일찍 철이 든 첫째가 안쓰러웠다. 오랭이는 유독 첫째를 미워했다. 어머니가 제 발로 오랭이 굴에 들어갔을 때 첫째는 아직 어리고 행복했다. 어머니는 큰애를 자기 자식처럼 키우겠다는 오랭이 말을 찰떡같이 믿었다. 오랭이가 사람인 줄 알고 같이 살면서 둘째도 낳았다. 아, 그 시간을 되돌릴 수만 있다면. 어머니가 오랭이 굴을 빠져나가기로 결심했을 때 이미 아이의 몸과 마음은 상처로 가득했다. 어머니는 어린 첫째를 제때 보호하지 못했다. 하지만 이젠 아니다. 어머니는 자기 자신과 아이들을 지키고 있었다.

평일 오전이었다. 아파트 단지가 여느 때보다 조용했다. 몇 분 뒤면 어머니와 오누이는 이곳을 떠날 예정이었다. 아는 사람 하나 없는 낯선 곳에서 모든 걸 다시 시작하는 것이다. 아이들은 학교에 가고, 어머니는 일을 가고, 더우면 창문을 활짝 열고, 볕 잘 드는 곳에 빨래를 널고, 밤에는 불을 환하게 켜고, 아이들 생일에 친구들을 초대하고, 어쩌면 개도 한 마리 키울지 모르겠다.

텅 빈 집에서 나갈 시간이 되길 기다리며 어머니는 잠깐 눈을 붙였다. 그동안 마음 졸이고 이사 준비를 하느라 피곤했던 나머지 금세 곯아떨어졌다. 오빠는 방에서 로봇을 조립하고 있었다. 가장 아끼던 로봇들이 모두 쓰레기통으로 들어가는 걸 보며 오빠는 눈물을 참아야 했다. 울면서 떼를 쓰는 동생이 부러웠다. 차라리 나도 그럴 수 있었으면. 이제 남은 건 어머니가 새로 사준 이 로봇 하나뿐이었다. 갖고 싶었던 모델도 아니고, 질도 낮았다. 하지만 이 로봇은 특별했다. 절대로 내팽개쳐지거나 재조립될 일이 없을 테니까. 오빠는 니퍼로 정성껏 부품을 잘라냈다.

동생은 바닥에 엎드려 장판의 네모 칸들을 세고 있었다. 시무룩한 얼굴이었다. 어머니가 사준 강아지가 마음에 들지 않았다. 동생이 원한 건 인형이 아닌 진짜 강아지였다. 누이동생은 얼마 전 엘리베이터 앞에서 아이들이 모여 이야기하는 걸 들었다. 옛날 관리사무소였다가 지금은 비어 있는 지하실에서 개가 새끼를 낳았다는 얘기였다. 동생도 그 어미개를 알고 있었다. 털이 숭숭 빠지고, 코가 벗겨지고, 눈 밑에 눈물 자국이 있는 늙은 떠돌이 개. 개는 단지 내 이곳저곳을 돌아다니며 먹을 것을 얻어먹고, 마음 내키는 대로 아무 데서나 잠을 자곤 했다. 워낙 비실비실해서 언제 쓰러져도 놀라울 것 같지 않은 개가 새끼를 낳은 것은 대단한 일이었다.

"나 다 봤어."

한 아이가 개가 새끼 낳는 모습을 직접 보았다고 말했다. 늙은 개의 배에서 강아지 다섯 마리가 퐁퐁퐁…… 아이들이 키득키득 웃었다.

"다섯 마리가 아니라 세 마리야."

다른 아이가 말했다. 그 애는 엄마하고 지하실에 내려가 강아지들에게 담요를 깔아줬다고 했다. 아이들은 너도나도 강아지에 대해 한마디씩 했다. 누이동생은 강아지들이 보고 싶어서 어머니를 졸랐다. 뻔한 답이 돌아왔다. 문을 열면 안 돼. 혼자 나가 돌아다니면 안 돼. 우리가 떠난다는 사실을 누구한테도 말하면 안 돼.

누이동생은 슬그머니 자리에서 일어났다. 어머니는 지금 자고 있다. 오빠는 방에서 로봇을 조립하는 데 정신이 팔려 있다. 잠깐 나갔다 와도 되지 않을까. 오늘이 아니면 볼 기회가 영영 없을 텐데. 딱 한 번만 보고 오면 괜찮을 것 같은데.

동생은 현관문을 열었다. 문이 닫히며 잠금장치에서 소리가 났지만 어머니도 오빠도 듣지 못했다. 동생은 엘리베이터를 타는 대신 계단을 곧장 내려갔다. 지하실로 가는 길은 어둡고 서늘했다. 동생은 대단한 모험에 나선 기분이었다. 가슴이 설렜다. 동생은 조심스레 지하실 문을 열었다.

곰팡이 냄새, 똥 냄새, 피 냄새, 강아지 냄새, 그리고 알 수 없는 냄새들이 섞여 밀려 나왔다. 박스와 담요가 어지럽게 널려 있는 곳에서 늙은 개는 눈을 겨우 뜨고 입을 벌린 채 젖을 빨리고 있었다. 어미 개의 호흡은 짧고 가늘었고, 한 번씩 제대로 숨 쉬기 위해 온 힘을 써야 했다. 끔찍했다. 동생이 기대한 건 귀여운 강아지들이었지 다 죽어가는 어미 개의 모습이 아니었다. 동생은 그곳에서 당장 나갈 생각이었다. 하지만 저도 모르게 죽음과 생명의 냄새가 있는 곳으로 더 가까이 갔다. 동생은 개 옆에 쪼그리고 앉았다. 어미 개의 눈에서 쉴 새 없이 물이 흐르는 게 보였다. 눈물 때문에 눈을 감을 수도 뜰 수도 없는 것 같았다. 동생은 어미 개에게 손을 얹었다. 그리고 조용히 속삭였다.

"이쁘다. 울지 마라."

동생은 어린 새끼들을 쓰다듬었다. 눈도 못 뜬 작은 것들이 손바닥 안에서 꾸물거렸다. 지하실은 원초적인 세상이었다. 잔혹하고 순수한 동화 같은 세계가 동생의 마음을 사로잡았다. 동생은 바깥세상을 까맣게 잊었다. 시간 가는 줄 몰랐다.

동생의 시간이 멈춰 있는 동안 어머니와 오빠의 시간은 위태롭게 흐르고 있었다. 방금까지만 해도 그들의 계획은 아무도 모르게 아파트를 떠나는 것이었다. 하지만 동생이 사라져버린 지금은 눈에 보이는 게 없었다. 얘가 하늘로 솟았을까, 땅으로 꺼졌을까. 어머니는 미친 사람처럼 동생을 찾아다녔다. 어머니와 오빠는 동생의 이름을 부르고 또 불렀다. 지하실에 있던 동생은 자기를 부르는 소리를 듣지 못했다. 대신 대낮부터 배 속에 바다를 채워넣고 다니던 오랭이가 들었다.

오랭이는 두 귀를 쫑긋 세웠다. 저 목소리는…… 틀림없었다. 오랭이는 얼씨구나 했다. 며칠 전부터 눈에 불을 켜고 그들을 찾고 있었다. 친척 집이고, 친구 집이고 갈 만한 곳은 샅샅이 뒤졌다. 시도 때도 없이 아파트 문을 두드렸다. 밤에도 찾아와 불이 켜지는지 지켜보았다. 집에 사람 사는 흔적이 전혀 없었다. 이미 어딘가로 내뺐다고 생각했다. 오늘 이곳에 들른 것은 순전히 행운이었다. 그래, 이것들이 숨바꼭질을 했겠다, 날 웃음거리로 만들었겠다, 내 얼굴에 상처를 냈겠다, 씨팔, 나 잡아가라고 신고했겠다. 오랭이는 코를 벌름거렸다. 냄새가 났다. 그들이 내뿜는 초조함과 공포의 냄새였다. 흐음. 오랭이는 배를 부풀리며 공기를 한껏 들이마셨다. 기지개를 켰다. 눈알을 굴렸다. 재주를 넘었다. 피가 머리로 몰리면서 알딸딸한 기분이 더해졌다. 오랭이는 소리와 냄새를 따라 휘청휘청 달렸다.

누이동생은 누군가 지하실로 내려오는 소리를 듣고 정신

을 차렸다. 동생은 얼른 강아지들을 내려놓았다. 그곳에 얼마나 있었는지 짐작이 가지 않았다. 5분? 10분? 어쩌면 한 시간? 어머니가 깼을까. 화를 내고 있을까. 동생은 급히 계단을 뛰어 올라가다가 하마터면 청소부와 부딪힐 뻔했다.

집에 도착했을 때 현관문은 활짝 열려 있었다. 동생은 숨을 쉴 수 없었다. 그 문은 절대로 열려 있어서는 안 되었다. 성문처럼 굳게 닫혀 있어야 했다. 어머니가…… 갔다. 동생은 어머니와 오빠가 자기를 두고 떠나버렸다고 생각했다. 동생은 거실로 들어섰다. 집이 텅 비어 있었다.

"엄마!"

플라스틱 팔과 다리와 몸통 조각들이 바닥에 나뒹굴고 있었다. 여행 가방 두 개가 모로 쓰러져 있었다.

"오빠?"

동생은 로봇 부품을 주웠다.

"엄마?"

대답이 없었다.

나비 한 마리가 동생의 코끝을 스쳐 지나갔다. 또 한 마리가 파닥거리며 지나갔다. 그리고 또 한 마리……. 나비들이 연달아 방에서 빠져나왔다. 그들은 서로 부딪히며 날아다녔다. 나비들이 뿌린 꽃가루가 어느 틈에 벽지와 바닥을 붉게 물들였다. 붉은 동그라미, 붉은 콧수염, 붉은 구름, 빨간 도로, 빨간 자전거. 동생은 계속 그 자리에 앉아 있었다. 옆집 아줌마가 소리를 지르며 들어와 동생을 끌어안을 때까지……

송아는 잠에서 깼다. 손등으로 눈가를 훔쳤다. 눈물을 흘린 것 같은데 얼굴이 말라 있었다. 송아는 여전히 눈을 감고 있었다. 눈을 뜨기 겁났다. 아직 긴 밤이 끝나지 않았을까 봐, 아무도 돌아오지 않았을까 봐 무서웠다. 송아는 바짓가랑이를 더듬었다. 잠옷이 조금 젖어 있었다. 몸에 한기가 들었다.

바닥이 축축했다. 마치 물속에 있는 것 같았다. 눈을 뜨지 않을 거야. 숨을 쉬지 않을 거야. 세상이 텅 비고 혼자만 남은 기분이었다. 어쩌면 모든 신들은 다 이런 기분인지도 몰랐다. 오빠는 왜 신이 되려고 하는 거야?

송아는 가슴에 손을 얹었다. 아무도 송아에게 말해주지 않는다. 아무도 송아 말을 듣지 않는다. 내 말은 엉터리 같아. 하지만 신이라면 엉터리 같은 말도 알아들을 수 있을 거라고 송아는 생각했다. 낯선 사람들에게 하려고 했던 말을, 이모에게 하고 싶었던 말을 오빠라면 들어줄 것 같았다. 오빠처럼 어린 사람도 신이 될 수 있다면 말이다. 오빠는 내 목소리가 들려? 송아는 울지 않으려고 했다. 울음이 말을 다 먹어버리게 할 수는 없었다. 송아는 숨어 있던 말들이 빠져나와 하늘을 날아다니고 구름을 지나다니고 마침내 달에 닿는 장면을 상상했다.

현관문이 덜컥거렸다. 이모가 왔어. 하지만 소리는 바람을

타고 지나가버렸다. 이모는 지금 어디 있을까. 아기는? 송아
는 갑자기 아기가 걱정되었다. 송아는 아기가 어둠 속에 혼
자 있지 않기를 바랐다. 아기가 그런 곳에 있다고 생각하면
견딜 수 없었다. 오빠는 다 보여? 송아는 두 손을 모았다. 오
빠, 아기를 지켜줘. 송아는 입술을 오물거렸다. 세상 모든 아
기들을 지켜줘.

　이마에서 열이 나는 것 같았다. 눈을 뜨자 천장이 뱅글뱅
글 돌았다. 예전에 독감에 걸렸을 때와 똑같았다. 그러나 이
번에는 너무 빨리 돌아서 천장이 없어지는 게 아닐까 싶었
다. 송아는 자신이 사라지고 있다고 생각했다. 그 전에 오빠
에게 야행성 물고기의 이름을 말해줘야 했다. 송아는 그러지
않았다. 오빠는 이미 알고 있을 것 같았다.

# 아이만의 방

**1985년 가을**

엄마가 옆에서 낮게 코 고는 소리가 들린다. 달빛이 밝다. 늙은 등나무 그림자가 방문에 어른거린다. 온 식구가 잠든 시간, 아이는 잠을 잘 수 없다. 세희 때문이다. 낮에 그 애 집에서 뛰어놀다가 삼각자를 밟고 말았다. 아이의 집에도 있는 평범한 플라스틱 자였다. "그런 거 아니야." 세희가 말했다. "이거 비싼 거야." 세희는 아이에게 특별한 자를 부러뜨린 대가로 오백 원을 물어내라고 했다. 원래 가격이 이천 원인데 봐주는 거란다. 만약 너희 엄마한테 이르면, 하고 세희는 눈을 부라렸다. 휴우, 아이는 한숨을 쉰다. 내일부터 하루에 백 원씩 세희에게 갖다줘야 한다. 엄마는 아이한테 백 원을 주는 날도 있고 그렇지 않은 날도 있었다. 엄마 친구가 놀러오면 엄마는 늘 백 원을 주었다. 내일 쥬단학 아줌마가 오면 좋을 텐데. 그래도 그 돈으로 과자를 사 먹지는 못하겠지. 아이는 엄마에게 거짓말을 해야 할 것이다. 아이는 거짓말이 무섭다. 오백 원도 무섭고, 세희도 무섭다.

엄마가 잠결에 몸을 뒤척인다. 숨을 몰아쉴 때마다 엄마의 마른 가슴이 올라갔다가 내려간다. 아이는 엄마를 만지고 싶다. 엄마 품에 파고들어 얼굴을 마구 비비고 싶다. 하지만 그럴 수가 없다. 엄마는 아이의 손이 닿지 않는 곳에, 캄캄한 우주 끝에 가 있는 것 같다. 아이는 머리끝까지 이불을 뒤집어쓴다.

### 1988년 겨울

아이는 아래채에 있는 다락으로 올라갔다. 식구들과 마주치지 않고 혼자 있을 수 있는 곳은 거기뿐이었다. 아이는 조금 운다. D는 오지 않아. D는 나쁜 애야. 지난주에 할아버지가 돌아가시자 D는 곧장 서울로 전학을 갔다. 주말에 놀러오겠다고, 전화하겠다고 약속했는데 D는 소식이 없었다. 생각해보니 전학 간다는 말에 슬퍼했던 건 아이뿐인 것 같다. 하긴 D는 할아버지 집을 떠나 원래 자기가 살던 곳으로 돌아가는 거니까. 이제 할아버지 집에는 D의 엄마만 남았다. D가 없다는 걸 알면서도 아이의 발걸음은 매일매일 그 집으로 향한다. 오늘도 그랬다. 그런 아이가 안쓰러웠는지 D의 엄마가 아이를 안으로 불렀다.

할아버지가 없는 집에선 여전히 약 냄새와 소변 냄새가 났다. 아이는 아줌마가 준 고구마를 먹지 않고 계속 만지작 거렸다. "D는 안 올 거야." 아줌마가 말했다. "걔는 서울 친구들하고 다시 만나게 돼서 너무 좋단다." D는 그랬나. 지난 2년 동안 아이와 붙어 지내면서도 내내 서울 친구들을 그리워하고 있었나. 아이는 이 집에서 D와 같이 놀았던 일이 먼 옛날 일처럼 느껴졌다. 아줌마는 말했다. "사실, 여기 할아버지…… D의 친할아버지가 아니야. D가 너한테 절대로 이야기하지 말라고 했는데." 아줌마는 자기가 할아버지 간병인으로 고용되었기 때문에 D도 억지로 이곳까지 따라왔던 거라고 했다. 그리고 D의 아버지는 그 애 말처럼 미국에 있는 게 아니라는 얘기도 했다. 아이는 간병인이 뭔지 모르지만, 어쨌든 주사기와 약봉지가 쌓인 방에 누워 있던 할아버지가 D의 할아버지가 아니고, D의 아빠는 그 애가 어렸을 때 세상을 떠났고, D는 거짓말을 했고, D는 이곳을 못 견디게 싫어했고, D는 다시는 아이를 만나러 오지 않을 거라는 사실을 알았다. "이 집 장남하고 남은 일 다 마무리했으니까 나도 이번 주에 서울로 간다." 아줌마는 말했다. 그러니까 이제는 찾아오지 마라.

아이는 조금 더 운다. D와 함께 보낸 시간이, D와 같이 만든 세계가 무너진다. D는 오지 않는다. D는……. 아이는 얼른 눈물을 닦는다. 코를 문지른다. 밖에서 엄마가 저녁밥 먹으로라고 외치는 소리가 들린다.

### 1991년 여름

아이는 문제집을 덮고 바닥에 대자로 누웠다. 커다란 창문으로 불어오는 초여름 바람이 가볍고 또 시원하다. 처음 가져보는 내 방, 내 창문으로 나만의 하늘을 보고 있는 거라고 아이는 생각한다. 뭉게구름이 지나간 자리에 참새 떼가 날아간다. 새가 되고 싶어. 참새나 비둘기 말고 앨버트로스가 되면 좋겠다. 아이는 바다를 횡단하는 커다란 새의 날갯짓을 그려본다. 숙제를 끝내지 못하면 내일 학교에서 매를 맞을 텐데, 하는 잡념이 아이를 방해하지만…… 앨버트로스는 혼자다. 그 새는 파도와 어둠과 자유와 고독의 맛을 알고 있다. 나는 혼자야. 아이는 스르륵 눈을 감는다. 가볍고 시원한 초저녁 바람이 아이의 얼굴에 분다.